小説 —

書館

桜井真琴

竹書房ラブロマン文庫

目次

プロローグ　5
第一章　美人司書の裏の顔　17
第二章　図書館の奥で淫らに　70
第三章　熟女へのイタズラ　120
第四章　人妻の痴女プレイ　173
第五章　濡れる純白ドレス　213

※この作品は竹書房ラブロマン文庫のために
書き下ろされたものです。

プロローグ

（えぇっと……あれ？　ないなあ）

K市立図書館で、大学三年の高木裕一《たかぎゆういち》は、テスト勉強のための資料を探していた。

普段は住んでいるアパートの近くの図書館に行くのだが、改修工事に入ったために使えなくなってしまった。

それで、電車で十五分ほどかかるK市立図書館にやってきたのである。

（静かでいいなあ、ここ。人も少ないみたいだし）

平日の午後の図書館は、静寂に包まれていた。

柔らかな光が差し込んでくる昼下がり。

ピアノのBGMも心地よく、椅子に座ったら寝てしまいそうだ。

K市立図書館の建物はかなり古く、こぢんまりしている。そのわりに蔵書数はかなりのようである。

だが、肝心の歴史の資料がなくて困っていたときだ。

棚の奥の方に、首からＩＤカードをかけ、本の整理をしている図書館司書らしき人がいた。

長い黒髪を後ろでまとめて、ポニーテールにしている細身の女性だ。

ちょうどよかったと、裕一は女性に近づいて声をかけた。

「あの……すみません」

「はい？」

振り向いた女性の顔を見て、裕一はドキッとした。

細フレームの眼鏡をかけたその女性が、あまりにキレイだったからだ。

（やばっ……可愛い……）

まさに本好きの文系といったおとなしい感じだが、目鼻立ちが整っており、美しい中に可愛らしさが秘められている。

テレビで見るような女優レベルの美貌に、裕一は見惚《みと》れた。

「本をお探しですか？」

彼女の声質に、裕一はさらに身体を熱くした。

わずかに鼻にかかり、ささやくような声が、やけに色っぽかったのだ。

「あ、あの……歴史の『一度読んだら覚えられる日本史』ってやつなんですけど」

「探してみますね。カウンターにどうぞ」

彼女の後ろについて、裕一は歩いていく。

（スタイルもいいなあ……）

冷房対策用なのか、彼女は薄いカーディガンを羽織り、控えめな長さのスカートという清楚な格好である。

そんな地味な服でも、スタイルのよさがよくわかる。

しかもだ。

細身のわりにベージュのプリーツスカートを持ちあげるヒップの量感はすさまじく、尻肉のたわみが、歩みに合わせて左右に妖《あや》しくくねっている。

（意外にムッチリしてるなあ。人妻かな……）

年齢的には二十代後半くらいかと思うが、お尻もおっぱいも肉感的で、可愛いわりに濃厚な色香が漂っている。カーディガンの長い袖《そで》から、ちょっとだけ指が見えているのがキュートだ。

「そこにおかけください」

彼女はカウンター前の椅子を裕一に勧めると、自分はカウンターの中に入り、彼と向かい合う形で横にあるパソコンを操作しはじめた。

裕一はちらちらと彼女の顔を盗み見る。

（年上だと思うけど、可愛い……可愛すぎる……）

眼鏡の奥のアーモンド形の目は黒目がちで愛らしく、男だったら誰でも守ってあげたいと思うタイプである。

首から下げたＩＤカードには「紺野美月《こんのみづき》」と書いてあった。

（美月さんか。キレイな名前だな。やっぱ、結婚してるのかな……）

左手に指輪はないようだが、可愛らしさと同居している色っぽさは人妻の感じがする。

カーディガンは大きめなのに、下に着ているブラウスはかなりタイトで、胸の大きなふくらみが浮き立っている。

目をこらすと、ブラウス越しにブラジャーのレース模様までわかる。

裕一は思わず赤くなってしまった。

女性経験はないわけではないが、たったひとりだ。

準童貞なのである。

「その本、貸し出されてますね」

美月が、裕一の方に美貌を向ける。

「そ、そうですか。残念だなあ」

などと言いつつも、本などもうどうでもよかった。

こんな美人の図書館司書がいるなんて、わかっただけで大収穫だ。

「あっ、でも書庫に一冊ありそうです。お待ちいただけるなら、取ってきますけど」

彼女が立ちあがる。

裕一は、本能的に声をかけていた。

「あ、あの、それって一般の人も入れます？」

美月は柔らかく笑った。

「いいですよ。ご案内しますね」

裕一はふたつ返事で頷《うなず》いた。

少しでも同じ時間を共有したい。彼女のことをもっと知りたい。

ついていくと、美月は奥の方の階段を降りていく。

「あの……学習室ってあるんですか？」

ふいに訊《き》いてみた。学習室があれば、毎日のように通うつもりだった。

「三階にありますよ。学生さん？」

ちょっと親しげに語りかけられて、またドキッとした。

「は、はい」

「そうなんですね。勉強たいへんですね」

「いや、まあ、そうですね」

ここで気の利いた話でもすればいいのだが、ほぼ童貞にそんな陽キャなことはできなかった。話しかけられただけで有頂天である。

(それにしても、色っぽい声だな、この人……)

落ち着いた口調なのだが、どこかくすぐったい鼻にかかる特徴的な声だった。

もし彼女に耳元でささやかれたら、それだけでイッてしまいそうだ。

裕一は妄想して勃起してしまい、前屈みで歩いてついていく。

美月は階段を降り、突き当たりまで行って重そうなドアを開けた。

中は広く、大きな本棚が整然と並んでいる。

「おお、すごい」

「以前の館長が、市議会の人を説得してくれたらしくて。結構貴重な本もあるんですよ。おかげで手入れが大変だけど」

美月がウフフと笑い、進んでいく。

（へえ……確かに高そうな本が並んでるな、おっ……）

裕一は本棚の前でしゃがんだ。

並んでいるのは、ずいぶん古い本だ。

（谷崎潤一郎？）

本の奥付を見ると、昭和四十四年とある。初版本の復刻版だ。

（すごいな、僕が生まれる前の本だなんて）

谷崎潤一郎の作品はかなり好きだが、初版の復刻版なんか読んだことがない。

これも借りられないかなあと、しゃがんだまま、ぱらぱらとページをめくっていたときだった。

「ええっと……たしか、このへんよね……」

棚の向こうから美月の声が聞こえた。

裕一は本と本の間から、ひょいと覗く。

彼女もしゃがんで、向こう側で本を探してくれていた。

（あっ！）

裕一は思わず目をこらす。

美月はスカートだというのに、無防備に脚を開いてしまっていた。おそらく本を探すことに意識が集中しているのだろう。

（ふ、太もも……太ももが見えてるっ！）

可愛らしい文系お姉さんが、ナチュラルカラーのストッキングに包まれた、太ももをきわどいところまで見せていた。

（い、いやらしい太もも……ムチムチだよ、ムチムチじゃないか……）

清楚な図書館司書の、意外にも柔らかそうなムッチリ太ももに、もう裕一は目を離せなくなってきた。

さらにだ。

美月はしゃがんだまま、さらに左右に脚を開いたので、白いパンティがまともに目に飛び込んできた。

（うわっ、下着まで見えちゃってる……やっぱり清楚な白なんだな）

美人図書館司書のパンティのクロッチが、はっきり見えた。

彼女が脚を動かすと、張りついたパンティもよじれて、うっすらとワレ目がパンストのシーム越しにも浮き立っているのがわかる。

（こんな僥倖《ぎようこう》は二度とないぞ）

眼鏡の似合う、おとなしそうな文系美女の貴重なパンチラ……。

ハアハアと息を荒げ、今日のオカズにしようと、スカートの奥のパンティに見入っているときだった。

突然、美月が立ちあがった。

裕一は慌てるも、息を殺してじっとしていた。

ここにいるのがバレたらまずい。

だが、

「ありましたよ、お探しの本」

いつの間にか美月が棚のこちら側に来ていた。

ギクッとして彼女を見るが、別に怒ることもなくニコニコしている。どうやらスカートの奥を覗いていたのはバレなかったらしい。

「あ、ありがとうございます」

「いいえ。いつでも言ってくださいね。あら、その本」

美月は裕一が持っていた谷崎の本を見つけて、目を細める。

「私も好きなんです、谷崎潤一郎」

「えっ、あ、ああ……僕も好きです」

ちょっと驚いた。

というのも、自分のイメージだと谷崎は『痴人の愛』とか『刺青』とか、あまり女性が好むような作品を書いてないと思ったからだ。

(まあ、でも『細雪』とかもあるからなあ)

美月は谷崎の別の本を取ると、眼鏡のブリッジを指でくいっとあげて、ぱらぱらとページをめくる。

「これ貸し出しできない本なんですが、図書館内なら閲覧できますよ」

美月が上目遣《うわめづか》いにニコッとした。

その愛らしい仕草に、裕一はキュンとした。

「あ、ああ、じゃあ今度……」

裕一がどもりながら言うと、美月がクスッと笑う。

(ああ、可愛いよっ……図書館司書さん。ごめんなさい、パンティ見ちゃった)

書庫から出て、元いたフロアに戻る際、階段をあがりつつ、美月のお尻を見た。スカートの中身は、シンプルなデザインの白いパンティだ。そう思うと身体が熱くなり、また股間が充血してしまう。

明日も絶対来よう。

そう決意していると、ふいに壁に貼ってあったチラシが目に入った。

《図書館アルバイト募集中》

その文字を見るやいなや、裕一は美月に詰め寄った。

「あ、あの、あの……」

「はい？」

「こ、これ、募集中って」

彼女もチラシを見た。

「ええ。募集してますよ。もし本がお好きなら……」

「す、好きです！　大好きですっ！」

興奮で思わず声を荒げてしまった。

美月は人差し指を自分の唇の前に立てて、シッと言う。

「あっ……」

ハッとして口をつぐむと、彼女が手でかがめと合図してきた。

「は、はい」

裕一は美月の顔の高さまで腰を屈める。

すると彼女は、すっと裕一の耳元に口を寄せてきて、

「……図書館では、お静かにしてくださいね」

と、ささやかれてドキッとした。

(ううっ、声が色っぽくて……ゾクゾクするっ)

裕一は「やばい」と思った。股間が硬くなってきたからだ。

しかし美月は裕一のその変化に気づかず、眼鏡を指で直しながら、ウフフと笑みを浮かべて、カウンターに戻っていくのだった。

第一章　美人司書の裏の顔

1

大学に来たのは久しぶりだった。

夏休み中は、用がなかったからだ。

裕一はサークルには入っているものの、活動に積極的ではないから、授業がなければ寄りつかないのだった。

今日はゼミの手伝いで来たのだが、あまりに暑いのですぐに帰ることにした。門に向かって歩いているときだ。

「うぇーい、裕一」

背後から、榊《さかき》良太《りょうた》が声をかけてきた。

裕一の数少ない同学年の友人で、自分とは正反対のタイプの、誰とでもすぐに仲よくなれるやつだ。

「なんだよ」

「なんだよ、じゃねーよ。今日、サークルのコンパっしょ。夕方からだぜ」

言われて、そうだったと思い出した。

「わるい。これから夜までバイトがある」

あっさり返すと、良太がニヤニヤと笑みを漏《も》らす。

「あー、例の図書館のあれかあ。エロい声のパンチラお姉さん」

良太がまわりに聞こえるように言う。

裕一は顔を赤くする。

「パ、パンチラとエロい声は、言わなくていいんだよ」

恥ずかしいからと立ち去ろうとすると、良太がリュックを引っ張ってきた。

「詩織《しおり》ちゃんも来るんだけどなあ」

「え、マジ？」

裕一は目を輝かせる。

詩織というのは裕一のひとつ下、二十歳《はたち》の後輩でかなり可愛い子だ。

だけど詩織はどうせ競争率が高いし、ほとんど話したこともないから、やはり今は美月ひとすじである。

図書館でバイトをはじめて一ヶ月。

まあまあ仲良くなったが、まだ食事にも誘えていなかった。

裕一は良太の顔を見る。

この底抜けに明るい感じがうらやましい。

「あのさ、おまえって女の子を誘うとき、どうしてんの？」

思いきって訊いてみると、良太は眉をひそめた。

「あ？　おいおい。まだ図書館の人妻、誘ってないのかよ」

「未亡人だよ。人妻じゃない」

「いくつだっけ」

「三十」

「おおう。三十路《みそじ》の未亡人かよ。エロいよなあ。きっと欲求不満だぞ。もう素直にヤりたいって言えばやらせてくれるって」

裕一は呆れた。

「そんなわけあるかよ。美月さんに限って」

「いーや。おとなしい女の方が、意外とスケベだぞ。俺の経験上、間違いない。言ってみろよ。一回だけヤラせてって」

「そういう人じゃないんだよ」

裕一は憤怒して、さっさと良太を残して大学を後にした。

しかしだ。

電車に乗っている間中、その言葉が頭の中から離れなかった。

《おとなしい女の方が、意外とスケベだぞ》

そうなんだろうか……。

裕一がこれまで付き合った人数はひとりで、しかもセックスの経験は二回しかなかった。

(美月さんがスケベ……)

頭の中でそんな風に勝手に変換してしまい、頭を振った。

欲求不満なのは自分かもしれない。

2

そのせいもあって、裕一はいつも以上に意識してしまっていた。

K市立図書館の平日の午後。

裕一と美月はカウンターに座り、本の貸し出しや返却の業務を行っていた。

隣に座る美月を、ちらちらと見る。

眼鏡が似合う清楚な図書館司書は、今日も可愛らしくて色っぽかった。

白いブラウスに控えめな長さのフレアスカートという清純そのものの格好なのに、今日はどこか淫靡《いんび》に見える。

《おとなしい女の方が、意外とスケベだぞ》

良太の言葉が頭を何度もよぎる。

(まさかなあ、美月さんに限って……)

働きはじめて一ヶ月、美月はバイトで入った裕一にいろいろ教えてくれて、容姿だけでなく、とても献身的で優しい性格なのもわかった。

その美月がスケベだなんて、どうしても思えない。

だが彼女は三年前に事故で夫を亡くした三十路の未亡人でもある。ＡＶの見過ぎかもしれないが未亡人というのはやっぱり欲求不満にも思えてしまうのだ。

「もう読まれました？　あの本」

ふいに美月が尋ねてきた。

「えっ、あっ……ああ……はい」

しまった。美月から新しい本を薦められたのだが、ちょっと難しくて挫折してしまったのだ。

読んでないと言おうとしたが、つい読んだと口走ってしまった。

「おもしろかったでしょう？　特に最後の……」

「そうですね。あの展開はすごかったです」

脂汗《あぶらあせ》をにじませつつ、裕一は話を合わせる。

（ホントに本が好きなんだなあ……）

いつも熱っぽく語ってくれる、そんな美月を愛《いと》おしく思う。

「あの本が面白かったなら、これも楽しめると思います」

彼女が椅子をこちらに寄せて、ぴったりとくっついてきた。

（え……？）

そうして手を伸ばして、裕一の方のパソコンを操作する。

その動きでブラウスが余計にぴったり張りつき、さらに巨乳が強調された。

（くうう、おっぱい、大きいな……）

眼鏡の似合う清楚な美貌と大きなおっぱいのギャップに、股間をズキズキさせているときだ。

「これ、この小説」

美月がディスプレイを指差した。

裕一も見る。と、黒色のロングヘアがふわっと甘い匂いを漂わせていて、思わず嗅いでしまう。

（シャンプーかなあ。というか、美月さんってなんか甘い匂いがするんだよな）

香水ではない。もう柔肌が、濃い女の匂いを発している。

「ちょっとせつない感じで……すごくいいんですよ」

不意に美月が画面から顔をあげて、こちらを見る。

眼鏡の奥の大きな目と、裕一の目が交錯する。

慌てて視線を外して、画面を見た。

裕一も知っている作者の、恋愛小説だった。

「女性と男性で、だいぶ感想が変わるんですって。好きな女性がいるなら、勧めてみると、気持ちがわかるかもしれないですよ」

「す、好きな人……」

赤くなって、目を伏せた。

チャンスだと思った。ドキドキしながら裕一は言う。

「好きな人……いるんですけど、もう読んでると思います」

「そうなんですか？」

「は、はい……かなりの本好きで、珍しく谷崎とか好きだって……」

美月をおそるおそる見る。

ちょっと驚いたような顔をしてから、美月は微笑んだ。

「女性で谷崎潤一郎が好きって珍しいですね。その女性、きっと裕一くんに好意を持っていると思うわ」

美月が優しく笑った。

(気づいてくれたのかな？)

これが精一杯だった。

自分ではもう、告白のつもりである。

美月はすっと眼鏡を直してから、また、ウフフと笑った。

「今度、私がホントに好きな本を、教えてあげるわね」

「え？」

そのとき、ちょうど利用者がやってきたので、美月は貸出業務に戻っていく。

（ホントに好きな本ってなんだろう……谷崎以上にエロい本とか）

もっと大衆的なエロ小説か。

それとも怖いホラー小説とか、グロいやつだったりして。

美月は利用者と席を立ち、図書コーナーの奥に消えていった。わざわざ案内しているらしい。

（親切だよなあ、ホントに本が好きなんだな。お？）

美月の椅子の下に、キレイに畳まれた紙が落ちていた。

どうやら鞄《かばん》から落ちたものらしい。

裕一は拾いあげる。

紙には《原稿料明細》と書いてある。

（もしかして、美月さんって、小説とか漫画とか書いてるのかな？）

いけないいと思いつつ、興味本位で紙を開いてみた。

原稿料は三十万円。そして、宛名のところには、

《紺野美月（柚木《ゆずき》カルマ）様》

とあり、著作名に、

《小説『イチャラブエッチしてみたい！』》

と書いてあった。

（は？　え、な、なんだこれ……）

おそらく「柚木カルマ」という名前が、彼女のペンネームか何かなのだろう。

知らない名前だったが、『イチャラブエッチしてみたい！』なんてタイトルってことは、意外とライトな恋愛小説なのかもしれない。

気になってパソコンで「柚木カルマ」を検索する。すると、

『とろける人妻』

『未亡人調教』

『人妻狂い咲き』

『団地妻、誘惑』

なんてタイトルもあって、画像で検索してみれば、もろに官能小説らしいエロい表紙が画面一杯に出てきてしまって裕一は固まった。

(な、なんだこれ……美月さんって、官能小説……家……？　自分でエッチな小説を書いてるの？)

信じられなかった。

あの清楚な未亡人が、こんなスケベな小説を書くなんて。

パソコンをクリックして見ていけば、ライトな誘惑ものから、女性を無理矢理に犯したり、縛《しば》ったりするハードなものまである。

(こ、これを……美月さんが……？)

裕一は息を荒くしつつ、何かの間違いではないかと考えを巡らせる。

もしかすると、名義貸しとか……。

あれこれと想像しつつ、食い入るように見ていたときだ。

ふいに背後に人の気配を感じて、ハッと振り向いた。美月が驚いたように背後からディスプレイを見つめている。

慌てて画面を消すも、遅かった。

「……ご存じだったんですか？　私のこと」

美月が眉をひそめて尋ねてくる。

「違うんです……あ、あの、これが落ちてて……」

裕一が明細書を手渡すと、美月はそれを見て大きなため息をついた。裕一は慌てて首を振る。

「見るつもりはなかったんです。紙が開いていて、それで……」

美月は「ちょっと待ってて」と言い、本棚のところへ行ってすぐに戻ってきた。

「裕一くん。少し、お時間いいですか」

「え？」

「カウンター業務は、細貝《ほそがい》さんに頼みましたから」

細貝というのは同じバイト仲間のおばさんだった。

美月がこっちに、と合図して歩いていく。裕一もついていく。

階段を降りていくから、どうやら半地下の書庫に行くようだ。

突き当たりのドアを開ける。不気味なほど静かだった。

美月はスマホで何かを探してから、こちらを向いて画面を見せてきた。

『未亡人誘惑』

とタイトルがあって、ちらりと太ももと胸の谷間の見える、妖艶《ようえん》な女性のイラストが表紙にある。どうやら電子書籍らしい。

著名には「柚木カルマ」とあって、ドキッと胸が高鳴った。

「私が書いた新作です」

美月がスマホを渡してきた。

裕一は電子書籍を、指でめくっていく。

(加奈子は、Ｆカップはあるであろう乳房を押しつけてきて……え？　え？)

まさにその小説のように、美月が左腕におっぱいを押しつけてきた。

柔らかな感触と甘美な弾力に、裕一の鼓動は一気に速くなる。

「あ、あの……」

戸惑っていると、彼女は耳元に唇を近づけてきた。

「ウフッ……私がホントに好きな本を教えてあげるって言ったでしょう？　今度プレゼントするから、感想を聞かせてくださいね」

とろけるような甘いささやきで、裕一はブルッと震えた。

耳を犯されているみたいで、背筋がゾクゾクする。脚も痺れてくる。

「……ハアン……ねえ、読んでみて……」

「え、えーと……こ、これを？」

「声に出して読んでみてください。ここからとか」

ねっとりとした唾《つば》の音まで聞こえて、裕一は戸惑いながらも、画面の文字を目で追っていく。

「こ、ここ？　……か、硬くなった股間を彼女はおもむろに……うっ……！」

朗読している途中、美月のほっそりした指が股間のふくらみに触れた。

「……ウフッ……もうこんなに大きくして……ハア……いつもいやらしい目で見つめてきて……こういうことを考えていたんでしょう？」

唇から漏れる妖しい吐息で、身体に力が入らない。

「そ、そんなこと……」

「……ハア……ねえ、読むのを続けて……」

美月はささやきつつ、股間を指でやわやわとこすってくる。

「う……こ、股間を触りながら、彼女は男のズボンのファスナーをゆっくりと手で下げていき……」

「そうね……下着を汚しちゃうものね……ハアン……脱がせてあげますね」

美月はファスナーに手をかけて、本当に下ろしてしまう。

さらには下着にも手をかけられ……。

「あっ……！　あ、あの……どうしてっ」

いきなりの展開に、あせって訊いてしまう。

　すると、美月は眼鏡の奥の目を細めて、うっとりささやいてくる。

「ウフフ……私の秘密を見るなんて、いけない子。私のこと脅して、あわよくばエッチなことしようなんて考えていたんでしょう」

　裕一はブンブンと顔を振る。

「い、いえ、まさか」

「……ンフ……でも、ここはそんな風に思っていないみたいですよ……ハアン……うふうんっ……もう発散させてあげないと、私が襲われそうで……だから、してあげますから、小説のことは黙っていてくださいね」

　ねちねちと耳の奥で、美月の唾のからまる音がする。

　次の瞬間、美月にパンツを下ろされていた。

「あっ……」

　バネ仕掛けのように、勃起がぶるんと飛び出してくる。

　すでにガマン汁で濡れた先端を、美月がしげしげと凝視した。

「こんなに大きくして……ハァァ……いやらしいお漏らしも……ささやかれただけでこんなになるなんて、ヘンタイくんなんだから……」

　耳に息を吹きかけられたと思ったら、舌がねろりと耳朶《みみたぶ》を舐《な》めてきた。

「ひゃあっ……」

「ウフ、ごめんなさい……いやだった？」

「いや、いやなんて……あぁッ……！」

ねろり……くちゅ……くちゅ……ねちゃあ……ねちゃあ……。

美月の濡れた舌が、耳朶の奥まで舐めてくる。

「ハアン……うふん……ハアッ……ハアア……女の子みたいな声を出すのね……可愛いわ……ンファ……」

チュ、ちゅる……ちゅる……。

「あううう！」

裕一はくすぐったくて身体をくねらせる。

美月は含み笑いを漏らし、耳を舐めると同時に屹立《きつりつ》の根元をギュッと握る。

「うくっ！」

「ウフフ……痛かった？」

「い、いえ……あっ……だけどあの、そんな風にしたら、僕の汚い汁が美月さんの指にかかって……」

「あなたは、そんなことを気にしなくていいんですよ。ウフッ……耳を舐められながら……ハア……オチンチンをシゴかれるの、気持ちいいでしょ？」

耳奥でいやらしい言葉をささやかれ、屹立が美月の手の中で脈動する。

裕一は何度も頷く。

すると、美月はいよいよ昂《たか》ぶりの根元を、ゆっくり手でこすってきた。

「あぁ……」

軽くシゴかれただけで、鮮烈な電気が走り抜ける。

鈴口から熱いとろみがさらに噴きこぼれ、美月の指を汚していく。

「……ハアァ……こういうのは初めてですか？」

耳の奥で声がする。

「あっ……は、はい。こんなこと、されたことないです……」

「初めてなんですね……だからすごく敏感で……ハア……ハアアン……うふんっ……せっかくの初めてだから、たくさん気持ちよくしてあげますね」

耳奥でささやかれて、もうゾクゾクがとまらない。

（ああ、こんな清楚な人が、ホントはいやらしい女性だったなんて……）

真面目なタイプが実はスケベ……。

良太の言う通りだった。

ちらり横を見れば、眼鏡の奥の目は潤み、三十路の未亡人は耳元で男を誘惑するように、また唇を近づけてくる。

「ハア……熱いですね、すごく……裕一くんのおチンポ……いやらしいわ」

「お、おチン……！」

下品な単語を耳元でささやかれ、脳みそがとろけそうだった。

「ああ……ああ……」

あまりの気持ちよさに裕一は目をつむり、天を仰《あお》いだ。

本能的に自分から腰を押しつけてしまっている。

「ハアン……また硬くなってきて……ウフッ……エッチね、自分から腰を動かしておねだりなんて……もっとオチンチンをシゴいて欲しいんですか？」

また舌で耳を舐められて、裕一はつらそうに眉をひそめる。

「だ、だって気持ちよくって……」

弱音を吐くと、美月はグリップを逆手にして強めに竿《さお》をこすってきた。

可愛らしくても、やはり元人妻だ。

経験ある手の動きがたまらない。

「ウフッ……そう……待てないのね……あきれた子……ハア……」

くちゅ、くちゅ……ねちゃあ……。

「ああ……すみませんっ……だって、そんなに耳を責められたら……あああ……」

肉棒に巻きつけてきた指が、敏感な裏筋を撫でてくる。

筒を持つような手の動きで、さらにカリのくびれもこすりあげる。

「……あん……ここが気持ちいいのね……ピクッ、ピクッて……うふん……ハアアン……手が火傷《やけど》しそうなほど、熱を持ってきたわ……」

あふれた先走りの汁が、包皮に練り込まれてニチャニチャといやらしい音を立てていく。淫靡な音色《ねいろ》に誘われて、女の指が這いあがってくる。

「うわっ……ああっ……！　そ、そこは……」

裕一はブルッと腰を震わせる。

美月の麗《うるわ》しい指が、傘の部分を執拗にまさぐり、さらにはあふれるガマン汁を塗り込むように、鈴口をいじってきた。

「……ハア……んふっ……おしっこの出る穴、感じるでしょう？」

抱きつかれたまま耳元でささやかれ、さらに男汁があふれてきた。

「う、うう……だ、だめですっ……そんなことしたら出ちゃいます……」

奥の方がムズムズして、早くも射精への渇望が湧いてくる。

「あん……いいのよ、ガマンしなくても……」

美月が身体を寄せてくる。さらさらの髪の毛や、押しつけられた乳房のボリュームも、すべてが裕一を追いつめていく。

(ああ、もう……)

このまま手コキで果てようかと思っていたときだ。美月がおもむろに裕一の足元にしゃがんで、美貌を屹立に近づけてきた。

(えっ……え?)

戸惑っている間にも、足元の美月は細指を裕一の太幹にからませて、長い髪をかきあげながら舌先でペニスの先を舐めはじめた。

「く、くううう……」

あまりの衝撃に、裕一は呻《うめ》いて腰をビクッと震わせる。

(み、美月さんが……僕のチンポを舐めてる!)

眼下の光景が信じられなかった。

肉棒を上に向かせ、ねろり、ねろりと舌を這わせてきつつ、眼鏡をかけたまま、上目遣いに見つめてくる。

その仕草が色っぽすぎた。

舌でくすぐられる気持ちよさ。

洗っていない性器を舐めてくれているという衝撃。

そして細めた目で眺めてくる文系美女の色気に、ますます勃起が漲《みなぎ》っていき、立っているのすら、つらくなってきた。

裕一は横の本棚をつかみ、

「うっ……ううっ……」

と、顎をせりあげる。

「……ハアア……裕一くん……うふっ……気持ちよかったら、いっぱい声を出していいんですよ。書庫には滅多に人は来ませんから」

美月がしゃがんだまままささやき、今度は舌先でカリ首のでっぱりの下を、ちろちろと舐めくすぐってきた。

「ああっ、だめですっ……そんなところを舐めたら……ひゃああ」

と、情けない声を出すと美月はニコッとして、さらに身を被せてきた。

（えっ……？）

かすかな吐息を感じた切っ先が、温かな潤みに包み込まれた。

「おっ、うああ……！」

（美月さんの口の中に、僕のチンポが……これがフェラチオ……）

眼下では、美月の艶々《つやつや》した黒髪が揺れ、ぷるんとした唇が肉棒の表皮をすべっていく。

（あったかくて唇が柔らかくて……チンポがとろけそうだ……唇の締めつけも、たまんないっ）

あまりの気持ちよさに、裕一は震えた。

「んぐっ……んんっ……」

美月が苦しそうに咥《くわ》え込み、鼻で呼吸しながらゆったりと顔を打ち振った。

「ん……ふぅ……んうん……ふ……」

くぐもった艶やかな息づかいを感じる。

じゅぽっ……じゅぽっ……。

唾にまみれて顔を前後させる音が、いやらしく響いてくる。

温かな唾液と、切っ先からこぼれる体液が、スムーズな摩擦を誘導させて、尿道に熱いものが込みあげてくる。

「んっ……」

美月が顔をしかめて、勃起をちゅると吐き出した。

「……はあん……こんなにお漏らしばっかり……オクチの中が、裕一くんの味でいっぱいになっちゃいました……」

「す、すみません……」

思わず謝ってしまうと、彼女は眼鏡を指で直しながら、ウフッと笑う。

「……いいんですよ。嫌いな味じゃないから……苦いけど……逞《たくま》しい感じがして……出そうなときは、ちゃんと教えてくださいね……」

うっとり言いつつ、美月がまた口唇を被せていく。

「……くぅっ！」

裕一は棚をつかんで、天を仰いだ。

生温かな口腔のぬめりが、勃起の根元まで襲ってくる。

「んむぅ……んっ……んっ……」

先ほどよりも激しく、リズミカルな息づかいがする。

もう震えがとまらなくなってきた。

(ああ、先の方が舌先でクチュクチュってくすぐられて……精子が昇ってくるのわかる……ああ、ガマン汁もドロッとあふれて……)

「ん、んふっ……」

美月が苦しそうに眉間に縦ジワを刻む。

おそらく口の中にまた、粘っこい先走り汁が分泌されて、垂れこぼれているのだろう。

見れば、踵《かかと》をそろえた上に乗せた未亡人のヒップが、もどかしそうにじりじりと動いている。

(美月さんも……欲しがってるんじゃないか……?)

いやらしい尻の動かし方だった。

さらに身を寄せてきたので、裕一は伸びあがった。

「ううう……だ、だめですっ……おっぱいが太ももに押しつけられて……」

喘ぐと、美月はまたペニスを吐き出して、下から裕一を見つめ、

「……ハア……あふん……ホントにエッチですね……おっぱいがちょっとくっついただけで、そんなに興奮するなんて……ンフッ……もう許しません」

また咥えられ、今度は今までになく激しくおしゃぶりされる。

たまらなかった。

「ああ、で、出るっ……出ちゃいますっ……」

限界を感じ、ペニスを抜こうとしたときだ。

美月に尻をつかまれて、逃げられなくなった。

（ああっ！　く、口の中に出しちゃう……出してみたいけど……）

もう間に合わない。睾丸がせりあがり、尿管の中の熱いとろみが一気に満ちていくのがわかる。

「ぁあ……い、イキそう……美月さん……ああっ……」

うわずった声で名を呼んだとき、美女の口中にある切っ先が爆発した。

「んんん……」

美月は顔をしかめつつも、唇を離さなかった。

おびただしい量の精が、美月の喉奥に向かって放流される。美月はそれをこぼさぬよう、唇をすぼめて受けとめつつ、目をつむり、こくこくと喉を動かした。

（美月さんが、僕のを飲んでるっ……！）

女の口中に出すという初めての愉悦《ゆえつ》が、裕一をくらくらさせる。会陰《えいん》がひりつき、足先が痛くなるほどの快楽が全身を貫く。

「ふ……はあ……はぁぁ……」

美月がうっとりした声を漏らしつつ、ようやく唇を離した。

眼鏡の奥の目がぼうっとして、裕一を見あげている。

「はぁ……はあ……裕一くんのミルク、ちょっと甘くて……臭みがすごくて……やっぱり若いのね……」

美月が自分の精液の味を説明してくれて、恥ずかしくなった。

「す、すみません……口の中に出しちゃうなんて……」

「……いいんですよ。だって、私をザーメンまみれにしたかったんでしょう?」

官能小説家らしい過激な表現にドキッとする。

美月は立ちあがり、口元をハンカチで拭《ぬぐ》ってから、

「戻りましょ。これで私のこと、黙っていてくれますね」

裕一が頷くと、美月は眼鏡のフレームを指で押しあげてから、ウフッと笑い、本棚の間を歩いていくのだった。

3

次の日。

図書館で美月に会って、裕一はカアッと顔を熱くする。

「……おはようございます」

眼鏡を指であげながらニコッと微笑まれて、裕一はぎこちなく、

「おは、おはようございます」

と、返すのが精一杯だった。

（あ、あの唇で……フェラチオされたんだよな……）

昨晩は家に帰ってもずっと、美月の口の感触が忘れられず、彼女が書いたという官能小説を電子書籍でダウンロードしまくった。

彼女の書いた小説には、ヒロインが図書館の中で犯されたり、イタズラされたりといった内容でさらに興奮してしまい、何度も抜いたのだった。

（ああ、意識しちゃう……）

美月の今日の服装は、白の半袖ブラウスに珍しいタイトなスカートだった。

眼鏡の似合う真面目そうな美貌で、黒髪をポニーテールにまとめている。女教師のような清らかな格好がよく似合っていた。

と同時にブラウスもスカートもタイトめで、悩ましい胸の隆起や、大きいヒップの丸みなど、エッチなボディラインがはっきりとわかる。

《おとなしい女の方が、意外とスケベだぞ》

大学の友人である良太の言葉は、的を射ていたようだった。

耳元でささやきながらの手コキは、いやらしすぎた。

しっとり濡れたボイスと、唾のくちゅくちゅ音を思い出すだけで、股間がまた熱くなっていく。

その日は態度がぎこちないままに、午後になった。

いつもどおりの平日の図書館。

静かで、館内に流れるピアノの音が心地よく、裕一がカウンターにいながらぼうっとしていたときだった。同僚のおばさんがやってきて、

「今日はいつもよりお客さんいないから、美月ちゃんと書庫を整理してきて」

と、言ってきた。

願ってもないチャンスで、慌てて書庫に向かう。

物音すらしない静かな書庫で、裕一は美月を探した。

(あ、いた……)

彼女は脇にワゴンを置いて、本を整理していた。

裕一は後ろ姿をじっくりと眺めた。

タイトなブラウスとスカート越しに、魅惑的な曲線が描かれている。

「あら……」

美月が裕一に気づいて、肩越しに振り返る。

「あの、今日は利用者が少ないから、美月さんと一緒に本の整理をしろって……」

「そうなんですね。じゃあ裕一くん、この棚をお願いします」

隣の棚を指した麗しい未亡人は、再び本の整理に戻る。

(やっぱり、意識しちゃうよ)

当然だった。

昨日はここで咥えてくれて、しかも精液まで飲んでくれたのだ。隣にいるだけで、昂ぶりが増していく。しばらく本を片づけていたものの、やはりだめだった。

「あ、あの……」

「はい？」

美月は手をとめて、にっこり笑った。

「昨日の夜、美月さんが書いた本、ダウンロードして読んだんです」

裕一が言うと、

「ウフフ。うれしいわ。読んで、エッチなこと考えましたか？」

美月はそう返してきた。

「え？」

「だって……そういう本ですもの。読んでくれた男の人が興奮してくれたら、うれしいわ」

「興奮……し、しました……」

「どんなところ？」

彼女の眼鏡の奥の目が細くなる。

裕一は唾を呑んだ。

ふたりの間の空気が、濃密なものに変わっていくのを感じる。すぐに身体が熱くなっていく。

「と、図書館で……ヒロインの女性を襲っちゃうところかな」

「……ハア……そうなの……裕一くんは、そういうのが好きなのね……」

声をさらにひそめてきた美月は、棚に本を戻す作業をはじめる。

（さ、誘ってないか？）

誰もいない書庫で、美月の身体からムンムンとした色香が漂うのを感じる。

裕一は思いきって言った。

「そういうの、好きです……無理矢理に……眼鏡をかけた美しい未亡人を、図書館で犯したい……」

潤んだ目で見つめてから、美月がおいでおいでをした。

背後に立つと、美月は背を向けたまま、ねっとりと話しはじめる。

「……ハア……あん……私……今、逃げられないかもしれませんよ……誰もいないし……後ろから抱きつかれて『抵抗したら秘密をバラす』なんて言われたら、どうにもできない……裕一くんが私にしたいと思ってること、できちゃいますよ……」

さすが官能小説家だ。エロい。エロすぎる。

何かを考える前に、もう後ろから美月を抱きしめていた。

「アンッ……」

「僕、ガマンできません。抵抗したら、美月さんの秘密をバラします」

美月の誘いに乗っかり、わざと言う。

彼女はいやいやする。だけど抵抗はおざなりだ。おそらくポーズなのだろう。わざとらしささえ感じる。

「ああ……美月さん……」

裕一はわずかに腰を落とし、悩ましいヒップに股間を押しつける。ズボン越しの上向きになったペニスで、尻割れをなぞるように腰を動かした。

「……あん……はあん……もうこんなに……熱くなって……いやらしい子」

肩越しに眼鏡の奥の目を向けてくる。

すでに頬は赤くなって、唇が濡れていた。かすれた甘い声は、ますます色っぽく湿って、裕一の耳をくすぐってくる。

「……美月さん……今日は、最後までしたい」

「え……？」

振り向いている美月が、恥じらうように顔を赤くした。

「したいって……」

「入れたいんです……美月さんの中に……僕のこの硬くなったのを入れて、ぐちゃぐちゃにかき混ぜたい……」

彼女の官能小説に影響されたのか、自分の口からも、いやらしい言葉が漏れる。

すると美月はその美貌を、さらに寄せてきた。

「……はあん……いやらしいっ……裕一くん、いやらしいわ……」

肩越しに振り向いたまま、美月がささやく。

眼鏡の奥のアーモンド型の瞳が潤んでいる。

「み、美月さん……」

また耳を舐められた。

くすぐったくて首をすくめると、その唇が今度は目の前にきた。
あっ、と思ったときには唇が奪われてきた。
(美月さんとキス……)
あまりの衝撃に固まってしまう。
唇の柔らかな感触も、甘い匂いも、すべてが夢心地だった。
美月が唇を引いた。
「キスの経験も、あまりなさそうですね……」
「は、はい。つきあった子とは、その……キスは一回だけで……」
「一回だけ……そうなの……可愛いわ」
今度は美月が向き合ってきて、唇を重ねた。
同時にぬるりとしたものが、口唇の中に侵入してきて、裕一はドキッとした。
(し、舌……!　美月さんの舌だ……っ)
自分からもおずおずと舌を出すと、からみ合わせてくる。
(舌がもつれて、唾とか混ざり合って……こんなエッチなキスを美月さんと……)
ぬちゃ、ぬちゃあ……。
唾の音が激しくなり、甘い唾液の味が口の中に広がる。

舌も口の中も性感帯だ。ぬめる舌で触れられるだけで、目もくらむような快感が襲ってきて、頭がとろけて脚がガクガクする。

立っていられなくなって、キスしたまま美月を抱きしめた。

女性らしく小柄で折れそうなのに、全身が柔らかくてムッチリしている。胸元に押しつけられているおっぱいの重量感がすさまじかった。

(小柄なのに……やっぱりおっぱい、で、でかっ……それに重いっ……)

たまらなくなり、そのまま床に美月をそっと押し倒した。ガタッという音が、誰もいない書庫の中で大きく響く。

横になった拍子に、白いブラウスの胸元が揺れる。

裕一は夢中になって、ブラウスの上からバストの隆起を揉みしだく。

「ん、あん……」

揉んだだけで、美月が甘い声を漏らす。

大きなおっぱいだが、感度がよさそうだった。

裕一は、震える指でブラウスのボタンを外していく。

「……ハア……アアン……そんなに焦らなくても……ボタンを飛ばさないでくださいね」

「は、はい……」

浅い深呼吸をすると、美月が眼鏡の奥の目を細めて笑う。

裕一も強張《こわば》った笑みを見せつつ、ゆっくりとボタンを外して、美月のブラウスの前を開く。

（う、うわっ……！）

ブラジャーに包まれた乳房のあまりの大きさに、裕一は鼻息を荒くする。さらに震える手で白いレースのついたブラを上にずらす。

（おおおお！）

スレンダーな体形に似つかわしくない、重たげなバストがぶるるんっとこぼれ出る。

裕一はまじまじと見た。

静脈が透き通るような白い乳肉が、ゆさっ、ゆさっと揺れている。色素が薄い乳輪はわずかに盛りあがっていて、思ったよりも淫靡な乳首だった。

全身が震える。

心臓もとまりそうだった。

そんな緊張感の中、美しい三十路の未亡人の乳房をぐっとつかんだ。

「……あ、あんっ……」

ぐぐっと指を食い込ませると、美月が顎をそらして甘く喘ぐ。わずかに眼鏡がずれて半開きになった瞳が見える。もっと強く揉んだ。

「ふうんっ」

早くも乳首の尖《とが》りを手のひらに感じ、本能的にチュッと乳首に吸いついた。

「うっ！　ンンッ……」

美月がつらそうに眉をひそめて、身を固くする。

反応がうれしかった。

さらに伸ばした舌で、ねろねろと乳首を捏《こ》ねまわしていくと、美月の声がさらに高く湿ったように、せつなさを増す。

「……アアッ……その舐め方っ……ああんっ……感じちゃう……」

美月の言うとおり、乳首はもうコリコリだ。

まるで「もっと吸って」と言わんばかりである。裕一は、乳頭をはむっと唇で挟んで伸びるほど強く吸う。

「ンンンッ……はあんっ……強いの、感じちゃいますっ」

喘ぎをこぼして、美月が背をそらす。

吸いつつも、ねろねろと舌で舐めしゃぶると、ますます美月が激しく身をよじり、悩ましい声を漏らす。

「……あはあ……裕一くん……上手ですっ……」

脚がくねり、スカートから太ももが見えてドキッとした。

「し、下も……脚を触ってもいいですか」

息を荒げつつ言うと、美月が笑みをこぼして見つめてくる。

「好きにしていいんですよ……楽しんでください。ウフフ、おチンポのふくらみがすごいです」

ハッと下を見ると、ズボンの股間がテントを張っていた。

4

ズボンを汚したくないと、慌てて下ろした。

そしてちょっと躊躇《ちゅうちょ》しながらも、パンツも下ろして、そのまま身体をズリさげて、横たわった美月の太ももに触れていく。

(ああ、ムチムチだ……すごいっ)

ぬめっとした光沢のあるストッキングに包まれた、ふくらはぎから太ももまでを撫でながら、じっくりと美月の脚を眺める。

「キ、キレイな脚ですね」

太ももに触れながら美脚を褒めるも、その目はスカートの奥に注がれる。

美月が眼鏡の奥の目を細め、ウフッと笑う。

「ハアン……やっぱり男の子の関心があるのは、ここよね……」

そう言うと、美月はタイトスカートの裾《すそ》をつかんで、めくりあげた。

「ああっ……！」

豊満な下腹部を覆うパンストとパンティが、裕一の目に飛び込んでくる。

「……そうでしょう？」

スカートを自分でめくりつつ、美月が挑発的に言う。

「は、はひ……僕、あの……女の人のアソコ……ちゃんと見たことなくて……」

正直に言うと、美月が上体を起こして顔を赤らめる。

「……それは、私のおまんこが見たいということですか？」

「お、お……ま……」

美月の可愛らしい口から淫靡な単語が出て、裕一は戸惑いつつも頷いた。

「み、見たいです」

「ううん……でも、それは……」

さすがに美月も恥ずかしそうだ。

しかし、もう見たくてたまらなかった。

「み、美月さんが、僕に……何でも好きなことさせてくれるって……してくれないと秘密をバラしますっ」

脅したつもりだけど、クスッと笑われた。

「ハアン……可愛いレイピストさんね……わかりました。でも、そんなにキレイなものじゃないですよ……幻滅しないでくださいね」

美月は体育座りしたまま、パンストとパンティのサイドに手をかけて、ゆっくりと下着を丸めながら下ろしていく。

(くうう、パンティを脱ぐ美月さん、色っぽい……)

眼鏡を掛けた真面目な女教師が、生徒の前で下着を脱いでいくみたいな淫靡な雰囲気だ。

そのパンティをつま先から抜き、美月は床に手を突いた。

体育座りのまま、山なりに立てられた両膝を、ゆっくり左右に開いていく。

「あんっ……いじわるな子ですね……この歳で、こんな若い子にあそこを観察されるなんて……」

ため息をこぼしつつ、美月が目を細める。

女優のように愛らしい眼鏡美人が、うっすらと頬を赤く染めて秘部をさらけだそうとしている。

裕一の興奮はピークに達した。

下半身丸出しという情けない格好のまま、食い入るように見つめる。

図書館の書庫を照らす蛍光灯が、スカートの奥にいやらしい陰影をつくる。その影の部分が足を開いていくと明るくなって、陰毛の下の亀裂が見えてきた。

(うわああああ……)

かつて付き合った彼女はちゃんと見せてくれなかったから、実物を間近で見るのは初めてだ。

歪《いびつ》な縦筋がわずかに開き、入り組んだ肉ビラを見せている。

「も、もっと、奥を見せて……」

夢中になって言うと、美月は顔をそむけたまま、人差し指と中指で縦溝を押し開いた。

肉ビラが裏返って、ピンクの粘膜がはっきり見えた。

見ているだけで、勃起が硬くなる。

「ああん……いやんっ……そんなにいいものではないでしょう？」

「そ、そんなことないです。いやらしくて……さ、触っても……」

美月は小さく頷いた。

裕一は近づいて、右手を美月の開いた脚の奥へと差し入れる。

くちゅ……

指が生温かな粘膜に触れる。甘い蜜をにじませた女の恥部は、温かくしっとりして柔らかかった。指にからみつく粘膜を、さらにいじると、

「アッ……はあぁ……んッ」

美月がうわずった声を漏らし、そのまま床に仰向《あおむ》けになった。

開いた脚の間から、チーズのような香気がムンと匂う。

(これ……きっと発情したときの匂いだ。なんてエッチな香り……)

清楚な美女でも、やはり興奮したときはいやらしい匂いを発するのだ。生唾を呑み込んでも癒《い》えない疼《うず》きが、二十一歳の青年をかきたてる。

気がつくと、女の股ぐらに顔を近づけて舌を伸ばしていた。

下腹に生えそろう恥毛に鼻を埋めるようにして、裕一は震えながら花唇をねろりと

舐めあげる。

「……ああっ！　……ううんっ……！」

美月は驚いたように身体をビクッとさせ、それから腰をうねらせる。

（生臭くて……キツい味……これが女性のアソコの味なんだ……）

元カノは舐めるのはNGだったから、クンニは初めてだ。

強い味だが、舐めるのをやめられなかった。

舐めれば舐めるほど、愛液があふれ出て、美月の身悶えが激しくなっていく。

「はあん……い、いきなり舐めるなんて……ヘンタイくんなんですね……ああん、汗とか匂いとか籠《こ》もっているのに……」

「だって、美月さんのおまんこ、キレイで舐めたくなって……」

歓喜を叫びつつ、女裂をさらに舌でこそぐ。

そして舌だけでなく、唇をくっつけ、じゅるるとあふれ出る愛液を吸い立てた。

「……ハァッ……そ、そんな風に吸われたら、アッ……アアッ……」

美月がせつなそうに身をよじると、乳房がゆっさ、ゆっさと揺れる。手を伸ばしてそのおっぱいを揉みつつ、ふいに舌先が、女性器の上方の突起をかすめたときだ。

「アッ！　ハアアッ……」

今までになく、美月が大きくのけぞり、甲高《かんだか》い声を漏らす。

驚いて、裕一はクンニをやめる。

「す、すみません、痛かったですか？」

息を乱した美月が、眼鏡の奥の目を細めて見つめてくる。

「クリトリスは優しくいじってください……すごく敏感なところなの……」

せつなそうに説明する美月は、ため息が出るほどに色っぽかった。

うまくできるのかと不安を覚えつつ、裕一は剝《む》き出されたピンクの色の肉芽をそっと舌でなぞってやる。すると、

「……んぅぅんっ……」

美月はビクッとして、今までとは違い、口を手で隠してしまう。

いやらしい言葉が出そうなほど、感じるんだろう。

だったらもっと責めてみたい。

裕一は、肉芽の表皮を舌ですりすりとすべらせていく。

「あっ……ハア……アァ……いいっ……ひぃん……」

口を押さえる手を震わせつつ、美月がさらに激しくビクッ、ビクッと震える。

可愛らしくて、エロかった。

さらに舐めると、

「ああ……イキそう……もうイッちゃいそうです。あは……んぅんっ……んっ……そのまま、ああン、もっといじって……あぁッ……イッ、イクッ……」

ブリッジした美月が、腰をガクガクと痙攣《けいれん》させる。

そして、顎を突き出すようにのけぞったまま、全身をビクン、ビクンと何度も震わせている。

(え？　な、何これ……イクって……まさか)

初めて目の当たりにする女性のアクメ姿に、裕一はただただ呆然と見惚れた。

全身をうねらせていた美月は、やがてがっくりと弛緩《しかん》し、息を喘がせる。

「ハア……ハア……ああんっ……びっくりしちゃいました……こんなにすぐイッちゃうなんて……」

美月の眼鏡の奥の目が、欲情に潤んでいる。

裕一も限界だった。

5

「も、もう……僕……」

つらそうにしていると、仰向けになったまま美月が微笑む。

「苦しいんですね。どうぞ、私のことを犯してください……」

美月がタイトスカートを腰までまくり、さらに背に手をやって、乳房の上端に引っかかっていた白いブラジャーも脱ぎ去った。

はだけたブラウスとまくれあがったタイトスカートが、まさに司書さんを図書館で襲っているような背徳感を演出する。

「い、いきます……」

汗ばんだ太ももを開くと、もあっとした生臭い匂いがする。

淫靡な香りをさせる美月に、猛烈な劣情が湧きあがる。

（こ、こんな美人の未亡人とセックスできるなんて……）

夢心地のままに切っ先を押しつけるものの、粘膜がくちゅと音を立てるだけで、入り口がなかった。

「ウフッ、もう少し下ですよ」

美月が勃起をつかんで、導いてくれる。

思ったよりも膣穴《ちつ》は下方にあった。ぐっと押し込めば、亀頭が花びらを大きく広げて、ぬるりと呑み込まれていく。

「ンッ……ああっ……」

入り口をくぐった瞬間に、美月が目を閉じたまま腰を浮かす。

(おうう、あったかい……)

中は熱く、そして肉襞《ひだ》がキュッと生き物のようにまとわりついてくる。

「ああ、ついに……美月さんとひとつに……」

一目惚《ひとめぼ》れした人と、ついにセックスした。その歓喜は大きかった。

もたらされる悦《よろこ》びのままに、深く潜り込ませていく。

すると、

「アァア……いきなり、そんな奥までっ……はあん……ああっ……」

美月が甘い声を漏らし、大きく開いた脚を痙攣させる。

眼鏡の奥の目尻を下げて、小刻みに震えて感じている美月を見ていると、早くも出そうなほど興奮してしまい、たまらなくなって最奥までこじ入れてしまった。

「ああ……！　そんな、あんんっ……奥に当たってるのに……さらになんてっ」

「えっ……こりこりと当たっているこれが……」

「あふん……アアン……そう、ですっ……私の子宮……ンンッ……あんっ……」

感じながらも、美月が教えてくれる。

柔らかく熱い肉に締めつけられるだけでも気持ちいいのに、さらには女の最奥を貫いたことに猛烈に昂ぶった。

「ここが……美月さんの子宮っ……赤ちゃんが生まれるところ……」

うろ覚えな知識をささやくと、美月が眼鏡の奥の目を妖艶に細める。

「あんっ……中でオチンチン大きくなって……いやっ……私のこと妊娠させたくなっちゃったの？」

「そ、そんなこと……」

否定しつつも、興奮はやまない。

だが、一方で……妊娠の可能性も頭をよぎる。

よほど不安な顔をしていたのだろう。

美月が下から両手を伸ばして、抱きついてきた。

「……あはん……ウフッ……ごめんなさいね。可愛いから、ちょっと意地悪なことを言っちゃったんです。私できにくい体質だし、今は安定している時期だから……」

またささやかれつつ、耳を舐められ、裕一はビクッと首をすくめる。

ねろ……ねろ……ぴちゃ、ぴちゃ……。

「ううう……」

だが耳を舐められると、腰が勝手に動いてしまう。

「……ハアン……ハア……裕一くん、あんまり考えないでくださいね。好きなように甘えていいんですよ……」

「う、うう……どうして……僕のこと……そんなに……」

ふいに疑問が口を突いて出た。

自信がなかったのだ。

一瞬、眉を曇らせた美月だったが、笑みを浮かべながら口を開く。

「だって、三十路の寂しい未亡人なんかを……裕一くんが、ずっと熱い視線で見ていてくれて……あんっ……あぁっ……」

裕一は、ピストンしながら美月の言葉に耳を傾ける。

「うふん……あんっ……その熱い気持ちを受けとめてあげたいって、それに……淫乱と思われるかも知れないけど、図書館でエッチなことしてみたかったの。神聖な場所を汚してみたかったたっていうか……だから……あああんっ……ううんっ……いいのよ、自信を持って……裕一くんの好きに犯して……」

「ああ、美月さん……」

（そうだったのか）

こんなキレイな人でも、寂しいと思うのか。

準童貞の下手くそでは埋められないと思うけど、少しでも気持ちよくさせたいと、裕一は思いきり腰を動かしてみる。

「くうう……」

強くこすると、甘い痺れが全身を走り抜けた。

たったそれだけで射精しそうだった。

だが、今は図書館でバイト中なのだ。何回もセックスできる時間はない。ならばぎりぎりまで射精をこらえたかった。

奥歯を嚙《か》みしめつつ、裕一はさらに奥を穿《うが》つ。

「あっ……あっ……あんっ……私の中……裕一くんおチンポで削られちゃってますっ……ああんっ……裕一くんの形にされちゃいそう……」

甘く叫び、美月はググッと細顎をせりあげる。

眼鏡越しにも、つらそうに眉がハの字を描いているのがわかる。キレイなアーモンドアイが今は潤みきって、ぽうっとしている。

美女が感じきっている表情は、あまりにエロくて、見ているだけで興奮してしまう。それに美月の汗の匂いも芳醇《ほうじゅん》で、肌もいい匂いがする。

どこもかしこも柔らかく、押しつけられたおっぱいのボリュームもたまらない。

(くうう、ヤ、ヤバイ……)

ピンチだった。

もう出そうだ。なんということだ。

必死に腰の動きをとめようとするも、だが男の本能がとまらなかった。

「うっ……み、美月さん……」

切っ先が熱くなり、ふくらみを感じた瞬間だった。

こらえる間もなく勃起は決壊し、射精してしまっていた。

「え？　……ああッ……ハアン……」

美月は目を見開いて狼狽《ろうばい》しつつも、裕一にしがみついてきた。

「奥に裕一くんの熱いのが……ああんっ……」

「ご、ごめんなさい……ガマンできなくて……くううう」

裕一もまた美月にしがみつきながら、小刻みに震えることしかできなかった。

これほどの量が出たことなんかないと思うほど、びゅる、びゅるっと熱い子種がずっと放出されている。

頭の中がとろけそうな、気持ちよさだった。

一分ぐらいしがみついていただろうか。ようやくぐったりして、美月に覆い被さり呼吸を乱す。

息を整え、額の汗を拭ってから、裕一はようやく顔をあげる。

「す、すみません……」

泣きそうな顔をすると、美月は、フフッと微笑んだ。

「どうして謝るんですか？　私もたくさんとろけちゃいました」

美月が両手で頬を挟み、キスしてきた。

思いの通じた熱い口づけは、身体が壊れてしまいそうになるほど気持ちがよく、ずっとこのままでいたいと思った。

「……好きです」

口づけを終えた後、思わず言ってしまった。

もう心が通ったと思ったからだった。

だが……。

意外にも、美月が驚いた顔をする。

「……そんな、いいんですよ。そんなこと無理に言わなくても」

「本気です。本気で僕、美月さんのこと好きです……付き合ってくださいっ」

セックスしたのだ。

いけると思っていた。

だが、美月は表情を曇らせる。

「だめですよ。九つも違うのに」

「年齢なんて、そんな……だって、僕と話していると、楽しいって……」

「それとこれとは、話が違うんです。あ、裕一くん。そろそろ戻らないと」

美月が慌てて服の乱れを直しつつ、

「見ないでください。向こうを……」

と恥じらうように言った。

慌てて背を向けつつ、ちらりと美月を覗くと、彼女はタイトスカートからハンカチを出していた。

（あれで股を拭うのかな……僕が出した精液を……）

想像すると、早くも勃《た》ってきてしまう。

美月はあんな風に突き放してきたけど、もう少し押せばなんとかなると思っていた。

下手くそだろうがなんだろうが、自分と美月は身体を重ねたのだ。

その既成事実は大きい。

（僕と美月さんはこれでもう……）

ひそかにニヤけるのを、どうしてもとめられずにいた。

第二章　図書館の奥で淫らに

1

九月にもなろうとしているのに、夜はまだ蒸し暑かった。

「おお！　裕一、それロンだ。満貫《マンガン》」

捨てた牌を指差され、裕一は向かいに座る拓也《たくや》を見た。

「えー、ダマ？」

裕一は頭をかいて、点棒を渡す。

今日は実家暮らしである圭一郎《けいいちろう》の家に集まり、麻雀をしていた。裕一のアパートだと麻雀牌の音がうるさいのだ。

裕一は覚えたばかりだから、友人たちに負けてばかりである。

「くははは。裕一は図書館のパンチラお姉さんに夢中だから、集中力がないぞ。今がチャンスだ」

良太が声をあげて笑う。

「なんだそれ」

「おい、まさか……準童貞のくせに、彼女ができたんか」

拓也と圭一郎が、麻雀牌をかき混ぜながら声を荒げる。

「そんなんじゃないってば」

裕一は否定するが、友人たちの追及はやまない。ついつい美月のことを話してしまう。

「へえ、三十路の未亡人か……写真見せろ、写真」

拓也が言う。

「そんなのないよ」

「んで、進展あったのかよ」

良太が言う。

裕一は慌てて「なんにもない」とウソをついた。

「なあんだ。片思いかよ」

圭一郎が、やれやれと牌で山をつくりながら言う。

（実際のところは、フェラチオもセックスも経験ずみだけどな……）

だが調子に乗ってそんなことを言ったら、一晩中、根掘り葉掘り訊かれるに決まっている。

それに、美月とのことは、まだなんとも言えない事情があった。

図書館の書庫で交わった次の日、裕一は当然ながらウハウハだった。

もう美月とは心が通ったと思っていた。

ところがだ。

次の日からの美月の態度は、素っ気ないものになってしまった。

隙を見つけてはふたりきりになるのだが、美月は何かにつけて、あのときのことをはぐらかしてしまうのだ。

おかげでもう一週間も、ぎこちないままである。あんなに甘えて、エロく迫ってきたのがウソのようだった。

（なんであのときだけ……僕、何か悪いことしたのかな）

考えれば考えるほど、わからなくなっていく。

半荘《ハンチャン》が終わった頃だ。

圭一郎の母親が、ドアを開けて中に入ってきた。

「あら。あなたたち、クーラーつけないの？」

おばさんは裕一に、おぼんを渡しながら言う。

切った梨が、皿に載せてあった。

「あっ、すいません」

言いながら、思わずおばさんの胸元を見てしまう。

Tシャツの襟《えり》ぐりが緩く、淡いブルーのブラジャーと白い乳房が覗いた。

（うわ、見えた……あ、相変わらず、でかいっ）

圭一郎の母親は、二十歳で圭一郎を産んだからまだ四十一歳だ。

こんな大きな子どもがいるとは思えないほど、若々しくて美人である。

しかもだ。

AVでいう爆乳というくらい、おっぱいが大きい。

「クーラーは、良太がだめなんです」

拓也がサイコロを振りながら言う。

「へえ。良太くんがねえ。でも、今日は暑いわよ」

おばさんが着ていたTシャツの襟元をつかんで、ぱたぱたした。

よく見ると、薄いTシャツにブラのレースが浮き立っている。圭一郎以外はみな、おばさんを見つめていた。

「ねえ……おばさん、いいの？　ブラジャー透けてるよ」

良太がイヒヒと笑った。

おばさんは、ちょっと胸元を見てから、

「あらあ、あなたたち、おばさんのこと、エッチな目で見てるわけ？」

さすが大人の女性だ。下ネタなんか余裕らしい……と思っていたが、顔を見るとちょっと恥ずかしそうで、いくぶん無理しているようだ。妙に興奮した。

「おまえらさあ。気持ち悪いから、やめろって」

圭一郎が本気でいやがった声を出す。

「いいだろ、おばさんキレイなんだから。一回本気でお願いしたいくらいだ」

と、良太が冗談めいて言う。

だが、おばさんは怒るでもなく、ウフフと笑った。

「一回ねえ……でも、あなたたちみたいな子どもじゃ、おばさん、物足りないわよ」

刺激的な台詞《せりふ》に、裕一はカアッと身体を熱くする。

見れば、良太や拓也も目を丸くしている。

「じ、じゃあ、教えるってことならいいですよね。裕一にお願いします。こいつ、珍しく好きな女ができたんすよ」

拓也の言葉に、おばさんが「あら」という顔でこちらを見た。

裕一はおばさんから目をそらして、拓也を睨《にら》んだ。

「な、なんで、僕のことをおばさんにお願いするんだよ」

「いいから、教えてもらえ。セックスが下手なヤツは女にモテん」

拓也が断言した。

良太たちがけらけらと笑う。

おばさんはタレ目がちな双眸《そうぼう》を細めて、優しく微笑んだ。

「ウフ。裕くんだったら、いいわよ」

ドキッとした。

拓也と良太が「えー」と非難の声をあげ、圭一郎が心底いやそうな顔をする。

「裕一だったらって……なんで裕一だけ？　ずりいなあ」

良太が口をとがらせる。

「だって、可愛い顔してるじゃないの、裕くん。女の子にモテると思うけど。おばさんが教える必要なんかあるのかしら」

「い、いや、モテるなんて……」

焦って顔を赤くすると、みながケラケラ笑う。

騒がしい中で、圭一郎だけが当然ながらムッとしていた。

「もう！　母さん、いいから出ていけよ」

堪忍袋の緒が切れたのか、さすがに圭一郎が冷たく言い放った。おばさんは「はいはい」とドアのところに行く。

「みんな泊まっていくんでしょ？　寝るときは扇風機を切りなさいよ」

最後は保護者らしい言葉を残し、おばさんは出ていった。

「おばさん、いいよなあ……しかし、こんなのがモテるのか？」

拓也がこっちをじろじろ見ながら、失礼なことを言う。

「いや、でも詩織ちゃんが、こいつのバイトしてる図書館のことを訊いてくるくらいだからな。なんかおまえ、女運向いてきてるんじゃないか？」

良太の言葉に、拓也と圭一郎は「何い？」と色めき立つ。

裕一も初めて言われて、びっくりした。

「詩織ちゃんだぞ。間違いに決まってる」

「本ばっか読んでるやつ、あの子が好きになんてなるわけない」

みなが口々にブーイングする。

そんなやっかみを受けながらも、裕一が安い手でようやくあがった。

裕一は牌をかき混ぜながら、ぽつり言う。

「やっぱ、セックス下手だと、女の子って幻滅するの？」

もしかしたら美月が素っ気ないのは、ちょっと動かしただけで、果ててしまった裕一に幻滅したのかもしれない。

そんなことを思って、真面目に訊いたのがバカだった。

三人の目が、嫉妬の色に変わった。

「なんだそれ。本気で詩織ちゃん狙ってんのかよ。それとも未亡人のほうか？」

「急に調子づいてきたなあ、裕一のくせに」

「おまえが女にモテるなんて、なんかムカついてきた。今日は徹マン決定な」

ひどい言われようだが、こういうじゃれ合いは、青春していて嫌いではない。

2

次の日。

眠い目をこすり、配架作業をしながら、カウンターにいる美月を見る。

眼鏡の似合う文系美女の横顔は、いつ見てもうっとりするほどで、こんなキレイな三十歳は、ちょっといないだろうと思う。

(こんな美人と身体を交わしたというのに、あれ以来、音沙汰なしだもんな)

美月に、何度も自分とのことを尋ねようと思った。

だが怖かった。

《あれは気の迷いでした。寂しさを埋めるためだったのよ。後悔しているの。私は忘れるから、裕一くんも忘れて……》

なんて告げられたら、結構なショックだ。

(寂しかっただけなのかな……)

彼女は独り身を持て余していた。

そんなとき、自分を熱い目で見てくる大学生がやってきた。独り身のつらさを癒やすのには、ちょうどいい相手だったかもしれない。

(だったら、最悪セフレでも……)

いや、だめだ。

優しくて、笑顔が素敵で……あの人と身体の関係だけで収まりたくない。

彼女が好きだ。

手を繋《つな》いでデートしたいし、一緒に本を読んで感想を言い合ったり……。

いろいろ考えていると、頭が痛くなってきた。

彼女のことを考えると食事も……喉を通るけど、でも見ているだけで心が苦しくなるのは、もう恋煩《こいわずら》いだと思う。

「裕くん」

いきなり背後から、親しげに呼ばれてハッとした。

振り向くと、圭一郎の母親が立っていた。

「あれ？　おばさん？」

図書館に用があるのかと思ったが、身につけているIDカードは、この図書館のものだった。

「え？　もしかして……」

「今日からパートで働く人がいるって、聞かなかった？」

確かに館長から新しい人が来ると言われていた。

「木村綾乃《きむらあやの》さんって人が来るとだけ聞いていて……それが、その……おばさんの名前なんて……」

そういえば、圭一郎の名字は木村だったなあと思い出す。

「以前、ウチの近くの図書館でパートしてたことがあるのよ。今、あそこは工事してるでしょ？　だからまた働くなら、こっちの図書館に来てくれって言われてね。さっき職員の名前を見て驚いたわよ。裕くんの名前があるんだもの」

「でも、圭一郎はここで僕が働いてるの、知ってるはずだけどな」

「圭がそんなこと話すわけないじゃないの。このところ返事もろくにしないんだから」

と、綾乃は「やれやれ」という顔をした。

言われてみればそうだ。自分も高校生のときから、母親とまともな会話をしたことなどない。面倒臭いのだ。

「じゃあ、よろしくね、裕くん。で、なんなの？　さっきから同じ本を棚から出したりしまったり……」

「え？」

返却する本を載せてきたワゴンを見ると、確かに一冊も減っていなかった。

「あ……ははっ、考えごとしてて……」

慌てて持っていた本を本棚に戻す。

美月に見惚れていて、どうやら同じ本を出したりしまったりしていたらしい。

（あ、そうだ。おばさんに美月さんとのこと、相談してみようかなあ）

少なくとも、あの三人よりは的確なアドバイスがもらえそうだ。

（仲を取り持ってくれるかもな……）

これは強力な味方ができた、と、ほくそ笑んで作業していると、綾乃が横にきて本を戻すのを手伝いはじめる。

「あ、い、いいです。ひとりでやるから」

「ふたりならすぐに終わるわよ。配架作業は得意なんだから。この番号のところに、戻していけばいいのね」

さすが経験者らしく、綾乃はひょいひょいと本を戻していく。

すぐ横から、急にふわっと甘い匂いが鼻先に漂った。

裕一は胸を高鳴らせる。綾乃の香水の匂いが、美月よりもさらに大人の女性であることを感じさせてくれる。

（四十一歳には見えないよな。ああ、友達の母親に欲情するなんて……）

《ウフ。裕くんだったら、いいわよ》

昨日の夜のことがあるから、かなり女として意識してしまう。

本を戻しつつ、横にいる綾乃をちらちらと盗み見る。

緩やかにウェーブしたミドルレングスの髪、タレ目がちで柔和な双眸。

優しげな雰囲気なのに、ぽってりと厚ぼったい濡れた唇が、ちょっとエロティックで、妙に艶《なま》めかしい雰囲気を醸《かも》し出している。

(地味だけど、よく見ると色っぽいんだよなあ)

チェック柄のシャツにジーンズという地味な格好なのに、胸の豊かなふくらみやジーンズを張りつめる大きなお尻が、熟女のエロスを引き立たせている。

ふいに彼女がこちらを向いた。

「ねえ、疲れてるんじゃないの？　昨日も遅くまで麻雀してたんでしょう？」

「え、ま、まあ……」

「今日はちゃんと寝なさいね」

まるで子どもに言い聞かせるように言いつつ、綾乃が背伸びして、高いところに本をしまう。

背を伸ばしているから、ジーンズ越しのヒップの丸みがより強調され、裕一は思わず乗り出して見てしまう。お尻は美月よりも大きくて、子どもを産んだ人妻の腰つきという感じだ。やけに生々しい。

（や、やば……）

慌てて裕一は、しゃがんで本をしまうフリをした。

ズボンの中でイチモツが疼き、勃起寸前の様相だったからだ。

3

綾乃と美月は、小説の好みが合ったらしく、会って二日ぐらいで意気投合して仲よくなったようだった。

これはチャンスだと、美月のことを相談しようと思うのだが、だがやはり怖くて口にできない日々が続いていた。

《美月ちゃん、裕くんには興味ないみたいよ》

なんて聞いてしまったら、立ち直る自信がない。

美月が官能小説家というのは、ふたりだけの秘密だ。

それがけっこうな弱みだと思うのだが、やはりそれを使って関係を迫る度胸は、裕一にはまるでなかった。

（あーあ……）

平日の午後の図書館は、相変わらず静かだった。

人のいないカウンターに座りつつ、ため息をついて突っ伏したときだ。

「そんな大きなため息をついたら、本を借りにきた人がびっくりしちゃいますよ」

「え？」

目の前に健康的なピチピチした太ももがあった。

（なっ、スカートの中、み、見えちゃいそう……なんて短いスカート……）

慌てて顔をあげる。

大学のサークルの後輩である笹木《ささき》詩織が、ニッコリと微笑んでいた。

「……詩織ちゃん」

「こんにちは。今日はお客さんが少ないみたいですね」

「いや……まあ。平日の昼なんて、いつもこんなもんだよ」

「ふーん。じゃあ、いいですね、ここ。静かで……通おうかなあ」

詩織がウフフと笑い、意味深な視線を向けてくる。

（やっぱ可愛いなあ）

ショートヘアで、少女漫画のヒロインみたいに黒目の大きいぱっちりした眼が特徴的だ。

雰囲気も明るくて健康美に満ちている。

小柄で華奢《きやしや》だけど、こうしてミニのプリーツスカートから見える太ももには、ほどよく肉がついていて女らしい。

ノースリーブのサマーニットを持ちあげるバストは、小ぶりではあるが、十分に悩ましいふくらみだった。

（これって、ホントに僕を訪ねてきたのかな？）

良太曰《いわ》く、詩織が裕一のバイト先を聞いてきたというので、まさかなあと思いつつ、どこか期待しているところがあった。

それがホントに来たのだから、ドキドキするに決まっている。

「あ、そ、それ借りるの？」

カウンターに置かれた二冊の本を見る。

一冊は結構売れた恋愛小説だ。裕一は読んだことがなかった。

もう一冊は海外のベストセラーだけど、不倫がテーマで、きわどい描写も多いサスペンスだ。

（あんまり詩織ちゃんのイメージと合わないな……）

なんとなくだけど、ライトなティーンズラブとか好みそうだが、まああまり詮索しても詮無いことだ。

「えーと、初めてだから会員カードつくるね。なんでもいいから、身分証明できるものある？　一応決まりだからさ」

彼女は学生証を渡してきた。

裕一は情報をパソコンに打ち込みながら、詩織に椅子を勧めた。

座ると、詩織のミニスカートがずりあがり、健康的な太ももがつけ根まで見えてしまう。

（やっぱり、スカート短すぎるよ……）

図書館の貸し出しのシステムを説明しながらも、どうしても太ももに目が吸い寄せられてしまう。

詩織がスカートの上に手を置いてなければ、間違いなくパンチラしてるだろう。

（中にスパッツとか穿いてるのかなあ……）

気になりつつも、説明しているときだ。

「これ、一回の貸し出しは何冊までですか？」

詩織が身を乗り出して訊いてきた。

その拍子に、スカートの上に置かれていた手が外れた。

（み、見えたっ）

魅惑のデルタゾーンに、淡いピンクのパンティが見えていた。

（な、なんで、パンチラ防止のスパッツとか穿いてないのに、こんな短いスカートを穿いてるんだよ……）

慌てて視線を泳がすと、詩織と目が合った。

詩織が妙な笑みを見せたような気がして、裕一はドギマギする。落ち着けと心の中で言いつつも、何度もパソコンの入力を打ち間違える。

詩織に会員カードと本を渡すと、

「じゃあ、また」

と、楽しそうに帰っていった。

4

さらに次の日。

本の整理をしながら、昨日のことをぼうっと考えていた。

（いや、そんなわけあるか。あんな可愛い子が僕なんかに……）

二兎を追う者は一兎をも得ず。

とにかく今は、美月のことだけだ。

と、思っていたら、美月が階段の方に向かって歩いていくのが見えた。

今日は用事があるから早退すると聞いている。スタッフルームに行くのだろう。今ならその部屋には誰もいないはずだ。

(これはチャンスだ……)

裕一は本の整理をやめて、美月のあとを追う。

スタッフルームのドアの前で、裕一は美月を呼びとめた。

「あ、あの……」

美月はちょっと険しい顔をした。

「あ、あの……僕……」

「中に入ってください」

と、美月がうながしてきて、こっそり中に入る。

女性のスタッフルームに入るのは初めてだが、特に何もなくて、テーブルと椅子が雑多にあるだけだった。テーブルの上にお菓子があるのが、男性職員の部屋と違うくらいだろうか。

「そうですよね。あのままってわけにも、いかないですよね、もちろん」

部屋に入るなり、美月がストレートに切り出した。

「ごめんなさい。答えはノーなんです」

そのひと言で、裕一の気持ちはガラガラと崩れ去った。

「ど、どうしてですかっ……あの日は、あんなに……」

言うと、美月は眼鏡の奥の目をつらそうに歪めた。

「裕一くんの熱い視線が……すごく気持ちよくてって……言いましたよね、あのとき。寂しかったって……」

「き、聞きましたけど……」

「……正直、あなたは私を抱きたいだけだと思ってました。若い男の子なら、こんなおばさんでも欲情するんだなって……」

「そんな、おばさんなんて……それに僕は本気で」

その言葉を口にすると、美月は困ったように口を開いた。

「私は遊びのつもりだったんです」

「へ……？」

はっきり言われて、頭の中が真っ白になった。

「あ、遊び……」

「ええ、だから思いきり……その……エッチなことをしちゃったり……」

言いながら、美月が顔を赤らめる。

頭の中が真っ白になった。

泣くな、何か言え。

その言葉が頭の中でぐるぐるまわっている。

「……はは、いや、そうですよね。僕みたいな大学生なんかに、本気になるわけ……」

思わずへらへらと笑ってしまった。

ここで強引に抱きしめて、キスでもして、好きだっ……と叫べばよかったが、もちろんそんなことはできるわけがない。

「ごめんなさい」

美月がまた謝って、頭を下げる。

「い、いや……あの……」

そのときだった。

顔をあげた美月の頬に、一筋の涙が流れた。

（え？）

裕一が驚くのを尻目に、彼女はハッとして目を拭いながら、すぐに荷物を持ってスタッフルームから出ていってしまう。

「なんでフッた方が泣くんだよ……」

廊下を歩きながら、こちらも目頭が熱くなっていく。

5

やりきれない思いを持ちつつ、元の持ち場に戻って、本を棚に戻す作業をしていると、少し前に詩織が返却してきた本に、栞《しおり》が挟まっているのに気がついた。

キレイにデザインされた栞である。

あとで返そうと思って、何気なく栞の挟まっていたページを見た。

《私の手は肌を這い下り、真っ白な背中から、ふくよかな乳房へと移行する。彼女は淡い吐息を漏らし……》

挟まっていたのは、官能シーンのページだった。

（詩織ちゃん、ここを読んだのか……）

あの天真爛漫な子が、こんなエッチなシーンを読んでいたなんて、ドキドキしててしまう。

その本を棚に戻して、もう一冊も手に取った。

こちらの本も詩織が借りていたものだ。同じように栞が挟まっている。

(えっ?　こっちも……?)

栞の入っていたページに、目を落とす。

《僕はペニスをいちばん奥まで入れたまま、彼女を長い間、抱きしめていた。そして彼女の頬を撫で、キスをしながらゆっくりと動かす。すぐに射精が……》

先ほどよりも濃厚な官能描写だ。

どういうことだろうと、裕一はふと思った。

彼女は返却の手続きをすましてから、わざわざ裕一のところまで来て、二冊の本を手渡してきた。

つまり、詩織は裕一に知らせたかったのだ。

この官能シーンを読んだということを……。

なんだかからかわれているようで、ちょっと腹が立ってきた。

どういうつもりなんだろうと、詩織がいるはずの三階の学習室に行ってみる。

学習室は大きな六人掛けのテーブルが六卓ある。

使っている人間は数人で、ぽつりぽつりと離れて座っている。詩織は一番奥のテーブル席に座り、何かを書き写していた。

「あ、高木先輩」

近づくと、詩織は小さく手を振ってきた。

ボーイッシュな感じもするが、やはり可愛い。顔を熱くしながら近づいたときだ。

「ちょうどよかった。ここがわからなかったんです」

詩織が、隣の椅子を引いた。

座れということらしい。

「いや、まだ仕事が……」

とそこまで言いかけて、まあ少し教えるくらいならいいかと隣に座る。

「ここなんですけど」

詩織が英語のテキストを指差した。

「どこ？」

身を乗り出して、ハッとする。

彼女が身を寄せてきたからだ。

右腕にバストの柔らかさを感じる。

詩織が着ているのはサマーニットだが、薄手だからちょっと腕を動かすと、ブラジャーの感触まで伝わってくる。

「この文章が、わからないんです」

詩織が顔を向けてきた。

顔が近い。そしてこんなに近いのに、見れば見るほど可愛らしい。吸い込まれるような大きな目に小さめの口がキュートだった。猛烈に顔を赤らめてしまう。

「ウフフ……高木先輩、どうしたんですか？」

彼女は笑っている。

ちょっと小悪魔っぽい、イタズラ好きの子の笑みだった。

（くうう、完全にからかわれてるな……なんなんだよ……）

慌てていたので、肘がテーブルに当たり、彼女のシャープペンシルがテーブルの下に落ちてしまった。

「あっ、ごめん……」

裕一は立ちあがり、テーブルの向こう側から潜り込んだ。

落ちているシャーペンを、拾いあげようとしたときだった。

（えっ？）

詩織のすらりとした白い脚が目の前にある。

今日もミニスカートだから、意外にボリュームのある健康的な太ももが、バッチリと見えていた。

それどころか、わずかに膝を開いているのでパンティが覗けている。

今日はモロに見えた。

色は白。

見た瞬間、息がとまった。

(いや、見たらまずい)

慌てて目をそらそうとしたのだが、詩織の脚がさらにゆっくりと左右に広がっていくのが視界に入り、もう釘づけになってしまった。

大きく足を開いているから、白いパンティが股間にぴっちりと食い込んでいるのまでバッチリ見える。

リボンのついた可愛いコットンパンティだ。

(これは、わざとだな……からかってるんだ)

そう思うのだが、哀《かな》しいかな男の性《さが》だ。

どうしても、目が吸い寄せられてしまう。

（だめだ、じっくり見るなんて）

まわりから見れば変態行為も甚だしい。

裕一はテーブルの下から出て、詩織にシャーペンを手渡す。

すると詩織は、かすかな笑みを浮かべた。先ほどと同じようなイタズラっ子のような笑みだ。

「し、詩織ちゃん、ど、どういうつもり？」

「何がですか？」

白々しいまでに詩織は言いつつも、その愛らしい顔が少し赤らみ、恥じらっているように感じた。

「その……小説のエロいシーンや、わざとパンティを見せてくるとか……」

「やだ、先輩のエッチッ。私のスカートの奥を覗いたんですね」

ますます詩織が顔を近づけてくるので、心臓がとまりそうになる。

「の、覗いたって……詩織ちゃんが脚を開いたから……」

そのときだ。

詩織が耳をねろっと舐めてきた。

「ひゃっ……」

「私のパンティ、どんなデザインでした？　興奮しちゃいました？」

耳元で舌足らずな声でささやかれると、ゾクゾクする。

「し、知らないよっ……からかうのはやめてほしいんだけど……」

と言いつつも、ついつい腕に押しつけられたおっぱいを見てしまう。

太ももそうだが、胸も意外にボリュームがある。顔は可愛いし、性格も人なつっこそうで甘え上手だ。

（なんで、僕みたいな男に……）

疑問が頭の中で湧きあがる。

詩織はまたウフフと笑って、愛らしい上目遣いを見せてくる。

「ホントはじっくり見たんでしょ？　見たくないんですか？　私の下着……」

息がとまりかけた。

「えええ……？　い、いや、待って……」

頭が混乱し、舌がもつれてしまう。

「ウフフッ、やっぱり可愛い。先輩って、童貞ですよね」

「えっ？」

「私、先輩が大学で本を読んでる姿とか、けっこう好きだったんです。少し前のコンパでも言いましたよね」

「そんなこと言われたっけ？」

覚えてなかった。

こんな可愛い子に言い寄られたら忘れるわけがないのに、覚えていないということはおそらく良太たちに、しこたま飲まされたからだろう。

「言いましたっ」

詩織が、ムッとした顔をする。

「い、いや、あのときは、結構飲んでたから……」

「私、ここのパンチラお姉さんより、可愛いと思うんですけど」

彼女の言葉に、裕一は眉をひそめた。

「ど、どうしてそれを……」

「良太先輩が言ってました。高木先輩、図書館の未亡人にぞっこんだって。私、その人を見てみたかったんです」

なるほど、だから図書館に来たがっていたのか。

詩織はまん丸の目をくりっとさせ、妖しげに見つめてきた。

「あんな年増より、私の方が可愛いと思いません？　だから、私、その司書の人に言ったんです。高木先輩のこと惑わさないでって」

「ええっ……？」

思わず声を荒げてしまい、裕一はまわりを見てから口をつぐんだ。身を丸めて、こっそりと詩織に耳打ちする。

「そんなこと、どうして……」

「だって、高木先輩、絶対に遊ばれてるって思ったんですもん。彼女、なんにも思ってないって言ってましたよ。ねえ、私の方がいいでしょ？　うんとエッチな筆下ろしさせてあげますよ」

ああ、と裕一は思った。

この子は、そういう風に人の物を取るのが好きなのだと思った。

そして、自分がリードしたいタイプなのだろう。

自分が童貞っぽく思われなければ、興味を持たれなかったのかもしれない。

(そんなことだけで……美月さんに……)

頭の中が真っ白になってきた。

フラれたのは詩織のせいではないことは、わかっている。

それでも、やはりふたりの間に勝手に入ってきた詩織には、ちょっとやるせない気持ちが込みあがってきた。

「ねえ、詩織ちゃんに勧めたい本があるんだけど、ちょっと来てくれないかな」

「え？　今ですか？」

詩織は不思議そうな目を向けつつも、立ちあがって裕一についてきた。

6

図書室に入り、一番奥にある歴史書物のコーナーに行く。

ここは貸し出しのカウンターや、トイレからも離れているし、難しい本ばかりだから滅多に人が来ない。

「ここですか？」

本棚に並ぶ本を見ながら、詩織が首をかしげる。

「うわー、大きな本」

詩織は本を引っ張り出してページをめくっている。彼女の後ろ姿を見つめながら、裕一はＩＤカードを外してポケットにしまった。

（なんで美月さんに、僕のこと訊くんだよ）

美月にフラれたことで、自暴自棄な気持ちが芽生えたのだろう。詩織のミニスカートから伸びた白い脚を見ていると、ムラムラとした悪い欲望が芽生えてくる。

「高木先輩、私に見せたい本って……ンンッ！」

彼女が振り向こうとした瞬間だった。

裕一は背後から乱暴に抱きしめつつ、詩織の口元を手のひらで塞《ふさ》いだ。

「ムウッ！　ンンッ……」

いきなり背後から襲われた詩織が、いやいやするように首を振りつつ、腕の中で身をよじる。

「シーッ！　声を出すと人が来ちゃうよ」

「ンンッ？」

肩越しに怯えたような目で裕一を見る。

人畜無害の童貞が何をしてるの？　……というちょっと見下した感じも滲《にじ》んでいる。

裕一はそっと、詩織の口を塞いでいた手を離す。詩織がハアハアと息を荒げて、肩越しに非難の目を向けてくる。

「せ、先輩っ。な、何をするんですかっ」

「何って、こういうのを期待してたんだよね。詩織ちゃん」

裕一は耳元でささやきながら、詩織のミニスカートから伸びた、むっちりした太ももに手を伸ばす。

「ああっ……い、いやっ……」

詩織が焦った声を漏らした。

それはそうだろう。本棚が目隠しになっているとはいえ近くに人が来てしまえば、隠しようもなくすべて見えてしまうのだ。

それでも裕一は強引に、詩織の閉じられた内ももに手を差し入れた。

「あんっ……ちょっとっ」

詩織は慌てて左右の太ももをギュッと閉じた。

おのずと、裕一の右手は、女子大生のむっちりした太ももに挟まってしまう。

(うわああ……太ももの圧迫が気持ちいい)

若い太もものたわみを感じて、裕一の股間が硬くなる。

詩織はいやいやしつつ、肩越しに泣きそうな顔を見せてきた。

「あ、あの……私のこと抱きたいなら、させてあげますから。ホテルとかのベッドとかで……」

狼狽《うろた》えたような口調で、視線が泳いでいる。

強がって誘惑してみせたりしても、やはり二十歳の女子大生だ。

可愛らしい詩織の小悪魔フェイスが、今は可哀想なほどひきつっている。かなり恥ずかしいのだろう。

「今、したいんだよ。そういう風に誘惑してきたでしょ？」

「そうですけど……こんな場所ではだめですっ。人に見られちゃいますっ」

「見せてあげればいいよ。こんなにエッチな身体をしてるんだから」

裕一のぞんざいな言葉に、詩織は驚いて目を見開く。

「どうしちゃったんですか？　だって、先輩の職場ですよ……見つかったら、先輩の方が……」

「いいよ、見つかっても」

本当はよくなかった。

だけど売り言葉に買い言葉だ。

今は、職場の人間に見つかるよりも、ミニスカートにノースリーブのサマーニットという可愛い後輩に対して、復讐のつもりでエッチなことをしてみたかった。

裕一が後ろから、形のいい耳をねろっと舐めた。

「あ、いやっ！」

鋭い悲鳴があがり、裕一はまた耳元で「シーッ」とささやいた。

「だめだよ、声を立てたら。いい子にして」

「だ、だって……ひっ……」

太ももに挟まれた手を動かすと、詩織はビクッとして身をすくめた。

「う、ううっ……冗談ですよね。もう、や、やめてくださいっ。怒りますよ」

詩織は焦った顔でまわりを見ながら、消え入るような声で言う。

顔を真っ赤にさせて、今にも泣き出しそうだ。

先ほどまでの勝ち気さはなくなり、まるで痴漢されているような、せつなそうな顔を見せてくる。

その表情を見て、猛烈に昂ぶった。

自分でも怖くなるほどの大胆さだ。

だが、それだけ美月のことがショックだったのだ。

裕一は、いよいよミニスカの内側に手を滑り込ませる。

「あっ、そんなっ……んっ……んくっ！」

詩織が立ったままで、顔をのけぞらせる。

裕一の右手は、コットンのパンティ越しに女のワレ目をとらえ、中指と人差し指でなぞりあげる。

「ん……い、いやっ……ああんっ、ああっ……」

背後から女の窪みを撫でさすっていると、そこは妖しいぐらいに熱く息づいてきた。

「いやだって言っても、ここが温かくなってきてるよ」

「ち、違いますっ。あんっ、や、やめて……図書館ですよっ、ここ……ひ、人が来たらっ……」

詩織は真っ赤な顔をして、顔を振り立てる。

続けざまに湿ったパンティの表面をなぞりつつ、薄布一枚越しに、もっとも敏感な小さなつぼみを見つけだした。

(これ……クリトリスだ……)

美月から教えられた敏感な場所だ。

そのときに言われたように、軽くほぐすように指でいじれば、

「ああっ……！」

詩織がビクッと震え、裕一の腕の中で腰を揺らめかす。

背後から顔を覗くと、詩織はつらそうに眉をひそめて、唇を噛みしめている。

（くううっ……色っぽい……）

ショートヘアの似合う可愛い女子大生は、まだつぼみのような雰囲気だが、やはり成熟した女性であることに変わりはなかった。

こうしていやらしく身体をまさぐれば、とたんにムンと女の匂いが強くなり、裕一はますます興奮する。

「ああっ……ど、どうして……先輩っ、童貞じゃなかったんですか」

女子大生は息をハアハアと喘がせ、つらそうな顔を向けてくる。

「童貞みたいなもんだけど、これくらいはできるよ。ずいぶんと子ども扱いしてくれたけど」

裕一は詩織のプリーツミニスカートをめくりあげ、いよいよコットンパンティの上端から、強引にその中へと右手を忍び込ませる。

「んんっ、だ、だめっ……」

詩織は身体をくの字に曲げ、怯えた様子でパンティに入れられた指を防ごうと抵抗する。

しかし、裕一の指が柔らかな繊毛を通過して、熱い媚肉に届くと、

「うっ……」

彼女は呻き声を漏らし、抵抗が弱くなる。
いいぞ、と指を進める。
すると、
(えっ……?)
裕一は驚いて、思わず手をとめてしまった。
小ぶりなスリットの中で、ぬるっとしたものが指にまとわりついてきたのだ。
「こ、これ……濡れて……」
思わずつぶやく。
詩織が耳まで真っ赤になって、それは違うという風にいやいやした。
「い、いや……でもこれ、間違いなく、濡れてるよ……」
ドキドキしながら、詩織の耳元でささやく。
「ぬ、濡れてなんてっ……離してくださいっ」
それでもまだ彼女は、濡れているのを認めない。恥ずかしいのだろう。
(だったら……)
裕一は強引に指を膣孔に押しつける。
力を入れずとも、指がぬぷぷ、とすべり込んでいき、

「ンゥゥ……！」

詩織が目を見開き、顔を跳ねあげた。

「ほら、こんなにスムーズに指が入って……音も聞こえるでしょ？」

手指で温かな膣肉をまさぐると、ぴちゃぴちゃと淫靡な音があたりに響く。

「や、やめてっ……もうやめてっ……図書館の中でなんて……誰か来ちゃったら、ううっ、んううっ」

詩織は小声で抗《あらが》う声をあげつつ、身体を振りほどこうとする。

だが、脚に力が入らないのだろう。

抗いの力はほとんどない。

感じているのが丸わかりだった。

裕一はもう夢中になって、詩織のサマーニットを片手でめくりあげ、白いブラジャーも強引にたくしあげる。

砲弾状に突き出した白い双乳が、弾《はず》むようにまろび出た。

「あっ……！　いやぁ」

詩織が小声で悲鳴を漏らし、乳房を両手で隠してしまう。

図書館でおっぱいを丸出しにされるのは、どんなに羞恥なことだろう。

だがやめるわけにはいかなかった。

ここでやめたら、ヘンタイ扱いだ。拙《つたな》い愛撫でも濡れるのならば、きっと詩織をその気にさせることができるはず。

裕一はおまんこから指を抜き、乳房を隠す彼女の手を引き剥《は》がす。

（うおおっ、キレイだ……）

美月や綾乃に比べれば小さいが、十分なボリュームがある。それよりも淡いピンクの乳首が、透き通るように美しくて感動した。

「ああ……お、お願い……も、もうここでは……」

「恥ずかしいのかい？」

彼女の耳元で息を吹きかけると、それが感じるのか、ピクンピクンと震えながら小さく頷いた。

「大丈夫だよ、誰も来ないから」

自分でもよく堂々と言えるなと思いつつ、興奮気味におっぱいを背後から鷲づかみにする。

「はぁっ……んんっ……」

詩織は甘い声を漏らして、小さく喘ぐ。

柔らかいけど、すごい弾力だった。

詩織の愛液で濡れた指を、おっぱいに食い込ませてもみもみする。

「ああっ……あぅぅっん……」

どうやら乳房はかなり感じるらしく、揉むだけで彼女は、ビクッと背中を伸びあがらせる。

乳首はさらに敏感のようだった。

指でこりこりするだけで、女子大生はぶるるっと激しく身震いした。

（エロいっ……こんなに可愛い美少女なのに……）

ますますたまらなくなって、裕一は、詩織の乳首をつまんでよじり立てる。

「あっ……あんっ……」

詩織が甲高い声を漏らして、ビクンと震える。

さらに、もう片方の手をパンティの中に潜り込ませ、熱い膣肉をこすりあげる。

「や、やめて……うんんっ……」

肩越しに見つめてきて、抵抗する言葉を吐こうとする彼女の口を、裕一は口づけで塞いだ。

（はあああ……し、詩織ちゃんとキスしちゃった……）

いやがるかなと思ったが、彼女はぼうっとしてなすがままだった。

だったらチャンスだ。

素早く舌を入れて口内をまさぐると、いよいよ彼女も舌をからめてくる。

「ううんっ……んううんっ……」

悩ましい鼻声を漏らしつつ、詩織は次第に気分が出てきたのか、舌の動きをさらに激しくして、ねちゃねちゃとからませてくる。

（ああ、詩織ちゃんの唾、甘いっ……舌もやわらかいし……）

背後から抱きしめながら、情熱的なキスをしていると、いよいよ彼女の抵抗がなくなってきた。

ここまできたら……もっと感じさせてみたくなる。

裕一は人差し指と中指の股に乳首を挟んで、くにくにと転がしつつ、膣肉に入れた指をねっとりと出し入れさせる。

「ん、んふんっ……んんうっ……」

詩織の鼻にかかった声に、セクシーな色っぽさが混じってくる。同時に腰を押しつけてきた。とろけてきたのだろう。

そのときだ。

人の気配がして、裕一は慌ててキスをほどく。

そして、愛撫する手をぴたりととめた。

7

本棚の向こうで、足音がとまった。

どうやら誰かがやってきて、本を探しているようだった。

(まずい……)

息をひそめつつ、裕一は詩織の身体を本棚に押しつけて隠すようにする。

裕一の身体に隠れて、詩織の姿は見えないはずだ。まあ少なくとも、詩織の半裸姿は隠せていると思う。

なかなか気配はなくならなかった。

(まいったな……)

じっとしていると、詩織が肩越しに見つめてきた。

「あン、お願い……もう許してください……」

上気した顔でささやいてくる。そうしながら、はだけたブラジャーを元に戻そうとする。

その恥ずかしがる姿に、裕一は妙に昂ぶった。

(近くに人がいて声を立てられない……これって興奮するかも……)

とっさに手のひらで詩織の口を塞いでから、濡れそぼっている膣穴に入れた指を、再びゆっくりと抜き差しする。

「ムゥッ？　ムゥウゥ！」

詩織が怯えた顔でいやいやする。

驚いている彼女を尻目に、ぬかるみの中で指を動かした。

「ンぅぅぅ……！」

詩織がビクッとして、顎をせりあげる。

どうやら奥が感じるらしい。

「まだいるから、声を立てないで」

口を塞がれた詩織が、肩越しに睨んでくる。

だったら、イタズラしないでと非難する目つきだ。

「だって……そんな目をしたら、エッチなことしたくなっちゃうんだよ」

人が近くにいる危うい状況だというのに、スリルでイチモツが硬くなってきた。

もう頭が痺れてきた。裕一は詩織の中で、大胆にも指をくなくなと動かした。すると、もうそこはぐしょ濡れで、ねちねちと淫靡な音が立ち、それを恥じらうように詩織が顔をそむける。

裕一は背後から左手で詩織の口を塞ぎながら、右手に力を込める。

中指を目いっぱい伸ばして、さらに奥へとすべり込ませる。

「んっ……！」

詩織が顔をのけぞらせた。

（めちゃくちゃ感じてるぞ……！）

それならば遠慮はいらないと、裕一は奥を指でかき混ぜ続ける。

「ンッ……ンッ……」

すると、詩織は湿った声を漏らしはじめ、フー、フーと熱い息をこぼしながら、全身をくねらせてきた。

もっと触ってと言わんばかりの淫らな動きに驚きつつ、裕一は指での愛撫を続ける。

詩織の中が熱くとろけ、しだいに出し入れする指を愛しいもののようにキュッ、キュッと締めつけてくる。

（い、いやらしい……詩織ちゃん、なんていやらしいんだ……）

背後から覗き込むようにして、詩織の表情をうかがう。

詩織は口を塞がれたままギュッと目をつむり、

「んっ……んっ……ぅううっ……」

と苦しげに呻きながらも、何度も顎をせりあげている。

(可愛い顔が、こんなにとろけて……)

ハアハアという激しい息づかいを、手のひらに感じる。

もっと、もっとして……。

そんな腰の動きとともに、詩織の膣肉がギュッと中指を包んでくる。

(こ、このままイクんじゃないか……)

美月がアクメしたときも、こんな様子だった。

生々しい濃い匂いが立ち込め、詩織の全身が熱くなっている。汗ばんだ美貌がピンク色に上気して、表情は羞恥の色をたたえてなお、ねっとりとろけている。

(イ、イカせてみたい。こんな可愛い子を……)

職場で破廉恥《はれんち》なことをしているという罪悪感はある。

だが、性的な昂ぶりがそんな禁忌《きんき》を軽く凌駕してしまっていた。

裕一は指を膣穴から抜き取り、パンティを脱がしにかかる。

さすがに詩織は抵抗するが、弱々しいものだった。

裕一は、詩織のパンティをズリ下ろし、足先から抜き取った。白いパンティは基底部がぐっしょり濡れて、愛液のツンとするいやらしい匂いを発している。

そしてこちらを向かせ、壁際の本棚に背中を押しつけつつ、詩織の足元にしゃがんで片脚を持ちあげた。

「……！」

何をされるかわかったのだろう。

詩織は裕一の頭を押さえつけて、何度も首を横に振る。

だがもう止まらなかった。興奮しきっていた。

裕一はミニスカートをまくり、開いた股ぐらに顔を近づけると、ピンク色の小ぶりなスリットに舌を差し出した。

「ンンンッ……ンンッ！」

詩織は慌てて両手で自分の口を塞ぐ。

上目遣いに見れば、詩織は泣きそうな目でこちらを見下ろしていた。

だが、詩織の媚肉はもの欲しそうにひくひくと動いている。

「ンンッ……！」

(イッて……詩織ちゃん、気持ちよくなって……)

もう復讐の気持ちなどなく、ただ詩織に快楽を与えたかった。

下手くそなのは自覚している。だから丁寧に花園を、ねろねろと舐める。

すると、

「……ぅうぅっ！」

詩織が顔をのけぞらせた。

さらに舐める。キツい酸味だった。

美月のものより、さらに強い味である。

だが、やはり舐めたくなる。女のアソコというのは、きっと男を惑わすフェロモンでできているに違いない。

裕一はもうここが図書館であることも忘れ、夢中で舌を動かし、ねちっこく責める。

上部のクリトリスにも吸いつけば、

「んっ！　ムウゥゥゥ」

詩織は自分の手で塞いだ口元から呻き声を漏らし、腰を揺らめかせる。

もう人の気配は、とうになくなっているような気がした。

だが、それもどうでもよかった。

一心不乱に舐めると、詩織の様子はますます切迫したものに変わってくる。

「ん、ンンンッ……」

舐めながら見あげると、口を塞いだ詩織の目元が妖しく潤んでいる。

その表情には被虐美がムンムンとあふれ、細腰は淫らにくねり、脚はぶるぶると震えている。

(ああ、すごい……もうイキそうじゃないか……)

舐めるごとに、腰の動きがどんどん激しくなる。

もう自分ではどうにもならないといった様子で、壁の本棚に身体を預けながら、詩織は下腹部をせりあげてくる。

裕一は、しゃがんだまま、クリトリスに唇を押しつけ、ちゅるっと吸い立てた。

すると、

「うっ……！」

短く、くぐもった声を漏らした詩織が、背後の本棚をつかみ、がくんがくんと腰をうねらせた。

そうして、くたっと前に倒れ込みそうになる。

(あぶないっ)

裕一は慌てて立ちあがり、ギュッと抱きしめる。

詩織の身体は、裕一にぐったりと寄りかかってきた。そして裕一に抱かれたまま、ハア……ハア、と苦しげに息を喘がせている。

(ああ、イッた……のかな……?)

わからないが詩織を見れば、うっとりとろけていた。

「ひどいです……こんなこと……先輩のこと、童貞だと思ったのに」

「いや、ホントに経験はない……ンンッ」

詩織の方からキスをしてくる。裕一はもう人に見られてもいいやと、彼女を抱きしめながら深い口づけに溺れていくのだった。

第三章　熟女へのイタズラ

1

「あんっ……あんっ……アアッ……ハアア……」

こっそりと書庫に移動した裕一と詩織は、ガマンしてため込んだものを爆発させるように、お互いの身体を貪り合った。

詩織を本棚の前に立たせて、ミニスカートをまくり、膣奥に指を入れて出し入れすると、イッたばかりだというのに、火傷しそうなほど熱い愛蜜があふれてくる。

彼女の方は、ズボン越しの裕一のふくらみを撫でてきていた。

もうこれを入れたくて、たまらないという様子だ。

「あん……先輩の、すごく硬いです」

ねっとりと言いつつ、ズボンの上から撫でる詩織の手は、次第にいやらしく形や大きさを確かめるようなものに変わっていく。

「すごいね、自分から指を咥え込んでいくよ。欲しいんでしょ」

もっと虐《いじ》めたいと、自然と煽《あお》る言葉が出る。

だが、そんな言葉を投げても、詩織は怒ることも恥ずかしがることもしない。

「はぁあっ……ああっ……虐めないでくださいっ……」

詩織は否定しつつも、腰をせり出してきた。

まったく余裕がないのだろう。

甘酸っぱい汗に混じって、獣《けもの》じみた匂いがきつくなっているのがその証拠だ。

(しかし、なんてエッチな身体をしてるんだよ、この子は……)

美しいなで肩や、折れそうな腰のくびれはグラビアアイドル並みだ。

大人の女性になりかけの、魅惑的なボディがそそる。

しかもだ。

眼前にあるのは、ニットをめくりあげて露わにされた、形のよい美乳に薄ピンクの乳首。裕一は指でおまんこを可愛がりつつ、詩織の乳房にむしゃぶりついた。

「あンっ……」

詩織がしどけない声を漏らし、本棚を背にしてのけぞった。

ねろねろとさらに乳首を舐める。

と、わずかに真ん中が窪んでいるのが、舌の感触でわかった。陥没乳首だ。

裕一は舌をすぼめ、その小さな乳頭の窪みにねじ込んだ。

「あっ！　くううっ……だめっ、乳首の中、舌でいじるなんてっ……はああっ！」

おそらく内側に触れたことはないのだろう。

だったらと、さらに窪みを舌でぐりぐりする。

すると、だ。

丹念な愛撫で乳首が尖り、窪みがなくなってきた。

裕一は夢中になって、ねろねろとピンク色の乳輪のまわりを舐め、ちゅぷっと乳首を咥え込んで、強く吸う。

「あんっ、いやっ、ああああッ、は、激しっ……ああんっ」

「また、あふれてきたよ」

乳首への執拗な愛撫で感じたのか、蜜がさらにあふれ、ぬちゃぬちゃという指ピストンの卑猥な音が大きくなる。

「熱いよ、詩織ちゃん。もう手がぐっしょりだ。おまけに締めつけも……」

「ああんっ、言わないでっ……いやっ」

ふるふると顔を振るも、身体は正直だった。

奥まで指をぬるっと差し入れて、何度も膣の天井をこすると、

「ふうっ……ンッ……あぁあっ……はあああっ」

呼吸困難でも起こしそうなほど詩織は身悶えし、うつろな目を彷徨《さまよ》わせる。

続けざま、揺れ弾むおっぱいにしゃぶりつき、乳首を舐めながら、右手で媚肉のざらついたところをこすりあげる。

すると、

「ああ、ゆ、許してっ……もう指はいやっ……欲しいっ……」

詩織がつらそうにしがみついてくる。

「い、入れるよ。いいんだよね……」

「あんっ、欲しいっ……私のアソコが、ああんっ……高木先輩のオチンチン、欲しがってますっ」

言いながら詩織の膣粘膜が準備万端という風に、じゅわっと潤む。

裕一は詩織の肩を持って、床に横たわらせようとした。

だが彼女は、

「……あ、あの……後ろから……」

「え？　う、後ろって……バック……？」

裕一は狼狽えた。

（まさか、体位をお願いしてくるなんて……）

バックからなんて、やったことがない。

できるだろうかと不安げな顔をすると、詩織は、

「違うんですっ」

と、顔を真っ赤にして、訴えてきた。

「顔を見られるのが恥ずかしいから……」

彼女は裕一にバック好きと思われたと勘違いしたらしく、言い訳を口にする。

（できるかな……）

だが、詩織の桃尻を堪能したい気持ちも湧いてくる。

（よ、よし……）

本棚に手を突かせると詩織は、恥ずかしそうにお尻を向けてきた。

（くううっ、エロい……）

ショートヘアの生意気な美少女が、お尻を突き出し、立ちバックでの挿入をおねだ

りしている姿は、身震いするほど扇情的だった。

裕一はズボンとパンツを下ろし、肉棒を瑞々《みずみず》しいヒップの尻割れに近づける。

(後ろからだと、このへん……)

少し腰を落とし、ぐちょっとした果肉に勃起の先端を押しつける。

すると切っ先がすべり、ぬるっと中に嵌《は》まり込んだ。

「ああああっ」

詩織は本棚にしがみつきながら、大きくのけぞる。

(嵌まったっ……くうう、狭くて窮屈だけど気持ちいい……)

裕一は細腰をつかみ、一気に美少女を貫いた。

「はあああっ……ああっ」

詩織が上体を跳ねあげ、ショートヘアを振り乱す。

「ああんっ……奥まできてるっ……先輩のオチンチンが、ああんっ……!」

つらいのか、詩織が肩越しにせつなげな目を向けてくる。

「痛い?」

訊くと詩織は、素直にふるふると顔を振る。

(可愛いなあ、ホントに……)

元の性格は素直なんだろうと受けとめ、詩織の胸元に両手を伸ばして背後から揉みしだきながら、ゆっくりと腰を動かした。

「……はあんっ……ああっ、いい」

エラに吸いつくように肉襞が密着してくると、こちらも腰が震えるほど気持ちよくなってしまった。

「あんっ……あんっ……ぁぁあああ……」

詩織は可愛らしい顔を歪ませながら、気持ちよさそうに何度も顎をそらす。

そうして、くい、くいっと自ら腰を使いはじめた。

「し、詩織ちゃん。くううっ、そんなに動かしたら……」

「あんっ、だって……気持ちよくて……ああんっ……ああ」

まるでおねだりするような腰のうねりだった。

(くううう……やっぱりこの子は、エッチなんだな……)

裕一は乳房をつかみながら、夢中でバックから怒濤《どとう》のピストンを開始する。

「ああんっ、いやッ、いやあああ！」

いきなりピッチがあがったからだろう。

詩織は困惑した声をあげ、本棚を強くつかむ。

つかんだ棚が揺れるほど、パンパン、パンパンとバックから突きまくると、丸々とした尻肉が、ぶわんと押し返してくる。

「あああっ……イキそう……イッちゃう……」

と、詩織が肩越しに、とろんとした双眸で見つめてくる。

こちらももう限界だった。

「うう、詩織ちゃんっ……こっちもイキそうだよ……」

快楽が身体を貫いてきた。

「あんっ……先輩の気持ちいいっ……お願い、ちょうだい。熱いのいっぱいっ……」

一瞬、中出しの罪悪感がよぎったが、やはり本能には勝てなかった。

「詩織ちゃん……出すよっ」

立ちバックで、ぐぐっと奥を穿《うが》ったときだ。

「アアアアッ……イッ、イクッ……あああっ、いやあああああ！」

詩織は恍惚《こうこつ》の叫びをあげる。

同時に膣全体が、今までになく強く締まってきて、ペニスが熱くなった。

「あっ、出るっ……！」

射精の甘い刺激が訪れ、詩織の最奥で熱い精液が噴き出していく。

「ああん……はあああっ……」

詩織は感じ入った声をあげ、本棚をつかんだままガクガクと腰をうねらせて、尻たぶを痙攣させている。

(中出しされて、イッたんだ……)

詩織は震えながら、

「ああんっ、熱いっ……先輩のすごい量っ、子宮の奥まで流れ込んできてるっ」

詩織が肩越しに見つめてくる。

黒目がちな瞳が潤みきり、口は半開きでハアハアと吐息を漏らしている。アクメした表情は間違いなく女だった。

「詩織ちゃん……」

膣内でペニスが小さくなっても、まだ抜きたくなかった。

静かな書庫は、ふたりの甘い雰囲気で満たされている。出しても気持ちがしぼむどころか、詩織を愛《いと》しいと思うのだった。

2

九月に入ると涼しい日が出てきて、秋が近いことを感じさせてくれる。

そんな秋の訪れを感じながら、裕一は詩織にフラれた。

いや、フラれたというよりも、何も起きなかった、という方が正しいのだろう。

先日のことだ。

彼女は図書館にやってきて、深刻そうな顔をした。

「高木先輩、ヘッセって読んだことあります？」

詩織が唐突に言った。

「あるよ。『春の嵐』とか『車輪の下』とか。けっこう好きだけど」

「私も『愛することができる人は幸せだ』って、あの詩集が大好きなんです」

「うん、それも読んだことある」

「その中に私の好きな一文があるんです。『愛されることは幸福ではない。愛することこそ幸福だ』って、私もそう思うんです」

「……うん。ん？」

「だから、先輩。本気で愛することのできる人を探して、幸せになってください」

なるほど。

やはり詩織は自分より大人だった。

裕一が詩織のことを、本気で好きではないことが、わかったのだろう。

というよりも、童貞っぽくなかった自分に、興味がなくなっただけのような気もするが、まあやはり、大学でトップクラスの美少女とはつり合わなかったのだ。

――恋は、やがて他の恋によって癒される。

自分の好きなジョン・ドライデンの名言だ。

こんなにも染みるとは思わなかった。


その日は図書館のバイトが休みだったので、良太たちと遊ぶ約束をして、昼間にいつものたまり場である圭一郎の家に行った。

ところがだ。

「まったく、あの子ったら……裕くん、ごめんねえ」

圭一郎の母親である綾乃が、電話を切ってため息をつく。

「いいえ……大丈夫ですから」

ソファに座っている裕一は、出された麦茶のコップを手に取った。圭一郎が時間を間違えたらしく、夕方まで帰ってこないとのことだった。

「うーん、また来てもらうのは申し訳ないわ……」

テーブルを挟んで向かいに座る綾乃が、目尻を下げる。

友達の母親でも、やはりキレイなものはキレイだ。ふわっとしたミドルレングスの黒髪に、タレ目がちな優しげな目元。

四十一歳には見えない若々しい美貌である。

ナチュラルメイクでもこれだけキレイなのだから、化粧をしっかりすれば、かなりの美熟女になるに違いない。

「待ち合わせは、ウチがいいんでしょう？」

綾乃も麦茶のコップに手を伸ばして、口をつけた。

ごくっ、ごくっと、おばさんの白くほっそりした喉が動く。その仕草にすら、しどけない色気を感じる。

「え、ええ。でも……おばさん、待たせてもらうの、いいんですか？」

今は昼の三時だ。

圭一郎が戻ってくるのは五時だから、二時間くらいある。

（おばさんとなら、ずっと話していたいよ）

熟女の濃厚な色香が漂ってきて、友達の母親だというのに、よからぬ妄想を働かせて、股間を熱くしてしまう。

「いいけど、こんなおばさんの相手するの、いやでしょう？」

「あ、相手っ？」

裕一が驚いた声をあげたので、綾乃がきょとんとした。

（話し相手か。あーっ、びっくりした）

早とちりで頭をかくと、彼女はウフッと笑う。

「いやよねえ、しかも私とはいつも図書館で顔をつき合わせているのに……圭一郎の部屋に行く？」

「おばさんと話すの、いやじゃないです。ここにいてもいいですか？」

顔を赤らめて言うと、綾乃は優しく微笑んだ。

「いいわよ……裕くんとふたりきりだと、ドキドキしちゃうわねえ」

ドキッとした。

《あなたたちみたいな子どもじゃ、おばさん、物足りないわよ》

あの刺激的な言葉が思い出される。

「ドキドキするなんて。そ、そんなこと言ったら、本気になっちゃいます」

「あら、うれしいわ。おばさん、着替えてこようかしら。もうちょっと短いスカートとか……なんてね。フフッ。麦茶のおかわりを持ってくるわね」

綾乃は立ちあがり、キッチンに向かって歩いていく。

ライトブルーのブラウスに、グレーのタイトスカートという出《い》で立ちだが、スカートのお尻はパツパツで、歩くたびに尻肉が左右に、むにゅ、むにゅ、とよじれるのがいやらしい。

（お尻が大きい……すごい迫力……）

見ていると、彼女はゴミを拾おうと前屈みになった。

スカートがぴたりとお尻に張りつき、三角のパンティラインを浮かびあがらせる。

大きなパンティだった。裕一は貫禄たっぷりの熟女ヒップに、胸の高鳴りが抑えられなくなってきた。

（美月さんはグラマーで、詩織ちゃんはスレンダー。おばさんのボディは、なんというか太っているわけじゃないのにボリュームがすごい……）

綾乃が麦茶ポットを持ってきて、ついでくれた。前屈みになったので、ブラウスのおっぱいの揺れ具合が、間近に見えた。

（FカップとかGカップとかかな……くううっ、慰めて欲しいっ……）

　このところ、落ち込んでばかりである。

（まあでも、僕のこと男とは見てないんだろうな）

先ほどからドキドキすると言ったりしているわりに、綾乃の格好や仕草は無防備そのものだった。

やはり息子と同い年の二十歳の男は、子どもにしか思えないのだろう。

不埒《ふらち》な妄想ばかりしていて、ぼうっとしていた。

裕一はうっかり手を滑らせて、グラスを落としてしまう。

「あっ、や、やば」

慌ててグラスを拾うも、ズボンの股間部分と、カーペットを濡らしてしまった。

「ごめんね。グラスが濡れてた？」

綾乃は横に来て、取り出したハンカチで裕一のズボンを拭いはじめる。

「いえ、僕が落としたんで、あ、あの……自分で拭きますから」

「いいのよ。あらあら、かなり濡れちゃったわね」

彼女がしゃがんで拭いていると、タイトスカートはかなりまくれて、ボリュームたっぷり太ももが露わになる。

しかもだ。

慌てているのか、無防備なのか。

綾乃のスカートの中が、丸見えになっていた。

ハッとして目をそらすも、刺激的な光景が目に焼きついた。

（ベージュの補正下着っぽかった……おばさんパンティだ……）

普段使いの下着のようで、見てはいけないものを見てしまった罪悪感が身体を熱くする。

「裕くん、ズボン脱いで。ここだけ洗って乾かしてあげるから」

「え、い、いや」

（まずい、股間が今、ふくらんでる……）

裕一は股の部分を手で隠して、首を振る。

「恥ずかしがらなくていいわよ。おばさんは気にしないから」

（そんなこと言われても、今、けっこう勃起してるし……いや、でも……）

ふいに、裕一の中でちょっとしたイタズラ心が湧いた。

この勃《た》った股間を見せたら、どういう顔をするんだろう……。

おそらく「あら、元気ねえ」と、軽く流されるだろうけど、万が一ってこともあるのではないか？
だめだと思うのに、性的な昂《たか》ぶりがとまらなかった。
「あ、あの……じゃあ……」
座ったまま、裕一はズボンのベルトを外し、足首までズリ下げた。
パンツがいびつなほどふくらんでいる。しかし、隠さなかった。
すると綾乃が、ふくらみをチラッと見た。
（い、今……見たよなっ）
身体がカアッと熱くなり、息がとまりそうになる。
しかし、彼女はそれを見ても表情を変えず、
「軽く洗って、乾燥機にかけてくるから」
と、ズボンを持ったまま、普通にリビングから出ていってしまう。
（やっぱり、勃起はスルーか……）
まあそうだろうなと思っていた。
ところがだ。
綾乃は戻ってくると、向かい側でなく裕一の隣に座ってきた。
（え？）

タイトスカートはズリあがり、太ももが見えていた。

その柔らかなムチムチの太ももが、裕一の太ももにぴたりと密着する。熟女のもちもちした太ももの肉感と淫らな体温が伝わってくる。

「ウフフ、悪い子ねえ。私をからかうつもりなんでしょ。わざとアレを見せてきて……」

綾乃が身を寄せてきた。

女の濃い匂いが、鼻先をくすぐる。

裕一は恥ずかしくなって、下を向いた。

「……ごめんなさい」

「まあ、いいけど……どうして、そうなったのかしら？」

ちらり横を向くと、タレ目がちの可愛い目が、裕一をまじまじと眺めていた。

（ち、近いっ……）

キスできそうなほどの距離だ。

身体が震えた。

息を呑んで、綾乃の方を見ずに、思いきって言う。

「……お、おばさんのスカートの中が見えちゃって。それに、む、胸も大きくて、揺れてるから……おばさんをエッチな目で見るなんて最低だと思うんですけど……」

綾乃はしばらく何も言わなかった。

気まずい雰囲気が流れてから、彼女が困った顔を見せてくる。

「若い女の子のならわかるけど、こんなおばさんのパンティ眺めたって、楽しくないでしょう？」

言われて、おばさんの方を向く。

ちょっと顔が赤くなっていて、ドキッとした。

「そんなことないです。おばさん、キレイだし……」

綾乃はいつものように「あら、うれしいわねえ」などと、受け流すことはしなかった。

また、気まずい沈黙が流れた。

そして、おもむろに綾乃が口を開く。

「……私と、ホントにしたいの？」

「え？」

信じられない言葉に、息がとまった。

（し、したい？　今、したい？　って訊かれたんだよな）

見つめ合い、腋《わき》の下に緊張の汗が滲んでいく。

綾乃はこちらの顔を見てきて、ウフフと笑う。

「でも、私が教えてあげることはないわよね。図書館でエッチなことしてたものね」

「み、見てたんですか？」

顔が強張り、喉がかすれた。

「偶然見えたのよ。アルバイト中に何をしてるのって、注意しようかと思ったんだけど……すぐにやめたから、しなかったけど……」

詩織とのことだった。

怒られる、と緊張が走ったときだった。

キュッと鼻をつままれた。慌てて身体を引く。

「ウフフ。もう図書館でなんか、しちゃだめよ。男の子がエッチなことをガマンできなくなるのはわかるけど」

綾乃の美貌が間近に迫ってきた。

ムンムンとした熟女のフェロモンに、息がつまりそうだ。

「図書館であんなことをしてるの見ちゃったら、おばさんもその気になるわ。ねえ、裕くん。おばさんじゃあ、代わりにならないかもしれないけど、少しは裕くんのエッチな気持ちが抑えられるかしら」

耳元で、柔らかな声でささやかれる。

「そんな、代わりなんて……むしろ、夢みたい」

「あら、こんなおばさんに気をつかってくれなくてもいいのよ。そうね、練習相手ぐらいに思ったらいいわ……好きなこととしてもいいのよ、おばさんだったら……」

刺激的な言葉が、裕一の理性を狂わせた。

3

綾乃たち夫婦の寝室は、シングルベッドがふたつ並んでいた。

シンプルで、特に飾り気のない部屋だ。

ベッドのひとつは、あまり使っていないような感じだった。

「ほとんど私ひとりで使っているのよ。あの人、夜遅いから、ソファですぐ寝ちゃうし……」

その言葉に、夫婦の夜のことが垣間見られる。

（まあ、そうだよな……ウチだって、親父は書斎で寝ているし）

それでも仲が悪いってことはない。まあ二十年以上も一緒にいると、こうなるのが当然という気がする。

綾乃はカーテンを閉め、明かりをつけた。

それだけでとたんに寝室が淫靡になり、友達のお母さんとエッチなことをするという実感が高まってきた。

先にベッドに座った綾乃が、隣においでと手招きする。

緊張しつつ、シャツにパンツ一枚という格好で座る。彼女のふわりとした黒髪や首筋から、甘ったるくて濃厚なバニラのような香りがした。

（いい匂いだ……でも、ちょっと汗の匂いも……おばさんも緊張してるんだな……）

綾乃が見つめてきて、少しはにかんだ。

「息子の友達を誘惑しちゃうなんてねぇ。いやらしいおばさんだなんて、嫌いになってほしくないけど」

「な、なるわけないです。僕……おばさんのこと考えてひとりでしたことあるし」

「え？」

「友達のお母さんを、性的な目で見るなんてって思ったんだけど……」

素直な気持ちを告げると、おばさんはウフッと笑い、顔を近づけてきた。

優しくチュッとキスされる。

「うれしいわ。じゃあ今度から、こっそりとスカートの中とか見せてあげたら、裕くんの夜のそれに、使ってもらえるかしら」

「つ、使いますっ」

興奮気味に言うと、綾乃はまたキスしてくれる。

「可愛いわねえ。いいわよ。おばさんを好きなようにして……」

彼女は恥じらいつつ、ベッドの上に身体を横たえる。

裕一は近づいて、綾乃の身体を舐めまわすように眺めた。

（くううっ、このもっちり感……エロいっ……）

スタイルがいいのは間違いない。

だが、四十一歳の身体はあきれるほどボリュームがあった。服の上からでも、ムチムチとした柔らかい脂がのりきっているのがよくわかる。

（美月さんや詩織ちゃんとは全然違う。ふくよかさがたまらない）

熟女らしい厚みのあるボディを、裕一は夢中になってじっくりと眺めた。

「おっぱい、ずっと見てたんです」

「ウフフ、わかってたわよ。遊びに来てたとき、チラチラ見てたでしょ。でも、へんに隠すとよけい意識しちゃうと思ったから、そのままにしてたの」

淡い色のブラウスの上から、綾乃の乳房を揉んだ。

思った以上に柔らかく、指が沈み込んでいくようだった。

ブラウスのボタンを外していくと、ベージュのブラジャーに包まれた乳房が、ぶるるんとこぼれ出た。

「で、でかっ！　……あっ、ごめんなさい」

思わず乱暴な言葉を使ったことを謝る。

すると、綾乃は「いいのよ」と微笑んだ。

「Hカップあるのよ。もう重たくて……スーパー行くと、レジの男の子からジロジロ見られるし、家の近くで襲われそうになったことも……」

「えっ！　お、襲われ……」

「やっつけたわよ。若い女の子とは違うんだから。へんな男に口を塞がれて、連れていかれそうになったから、思いきり叫んで、パンプスで足を踏んであげたわ。おっぱいは触られたけどね。私みたいなおばさんにイタズラしようなんて、誰でもよかったんでしょうね」

「そんなことが……」

（おばさん、変質者にイタズラされかかったんだ……誰でもじゃないよ。きっとおばさんだから狙われたんだよ、キレイだから）

いけないと思うのに、妙な興奮が募ってくる。

すると、下からパンツ越しのイチモツをギュッと握られた。

「い、いたっ……」

「おかしなこと考えてたでしょう？　私が襲われたって聞いて、ここを大きくするなんて、もうっ……でも、怖かったのよ」

「ご、ごめんなさいっ」

それはそうだ。命の危険だってあるのだ。

と、しょげていると、その手がやわやわとペニスを揉みしだいてくる。

「まあ、私がヘンなこと言ったから悪いのよね。でも、裕くんって、そういうのが好きなの？　縛ったり、無理矢理したり……おばさんにしてみたい？」

「そ、そんな、いいですっ、普通でっ……」

裕一は慌てた。

さすがに友達の母親に、そこまでするのはテレがある。

（でも、そんなことまでしてもいいなんて……）

まるでセフレみたいだなと思いつつ、Hカップのブラジャーをズリあげると、わずかに垂れ気味ではあるが、張りのある乳肉がまろび出た。

片乳が、顔ぐらいデカい。

その迫力に息を呑む。

「ああっ、すごいっ……おっぱい」

ぷるぷると揺れる乳房を手で捏ねると、どこまでも指が沈み込んでいくようだ。もっと強く揉めば、乳肉が形をひしゃげていやらしく揺れ弾む。

「んんっ……」

わずかに息を荒げた綾乃は、わずかに顔をのけぞらせる。

それだけでおっぱいが、ふるふると揺れる。そして真っ白い乳房の中心部には、蘇芳《すおう》色の乳輪がある。

子どもを産んだ人妻らしい、くすんだ色合い。

だけど色素沈着した大きな乳輪は、若い男を惑わせずにはいられない。

「いいのよ、吸って」

まるで子どもをあやすような優しい、おばさんの声がした。

(圭一郎を育てたおっぱいなんだよな……)

なんだか友達の大切なものを奪う気がする。だが、してはいけないと思うほど興奮が増し、夢中で乳房にしゃぶりつけば、

「ぁあんっ……」

と、綾乃は気持ちよさそうに声をあげて、豊満な身体をよじらせる。

(おばさんって、こんな色っぽい声を出すんだ……)

眉間に縦ジワを刻み、ハアハアと荒い吐息を漏らしている表情が、いつもの優しいお母さんの顔とのギャップがあって、またエロい。

(たまらないよ……)

乳首を吸ったり舐めたりするだけで飽き足らず、もっと熟女おっぱいを堪能したいと、裕一は双乳の狭間《はざま》に顔を埋めていく。

(おお、や、柔らかくて、顔が埋まる……ミルクみたいな甘い匂いもする)

谷間でスンスンと鼻をすすり、おっぱいの匂いを吸い込みつつ、肉房に挟まれながら、うっとり目を閉じる。

「ウフッ、赤ちゃんみたいね、ああんっ!」

綾乃がビクッと身体を震わせる。

おっぱいの先っぽを口で含み、ねろねろと舌で転がしたからだった。

（感じてくれてる……）

うれしかった。

少し前までほぼ童貞だったのに、自分は女性に慣れてきているに違いない。

裕一は唾液まみれになった乳房を揉みしだき、さらに丹念に、舌腹のざらつくところでこそぐように愛撫する。

すると、

「あんっ……上手っ、裕くん……上手よ」

綾乃は目を細めながら、お返しとばかりに仰向けのまま手を伸ばしてきて、パンツの中に手を入れ、直にいきり勃ちを撫でさすってきた。

「うくっ！」

電流が走り、思わず腰を引く。

その触り方がいやらしいこともあったが、友達のお母さんにエッチなことをしてもらっているという禁忌《きんき》に打ち震えた。

「あん、興奮してきちゃった。好きなようにしていいって言ったけど、やっぱりおばさんにもさせてね」

そう言って裕一のパンツを下ろす。

突きあがる肉棒の先が、もうガマン汁でべとべとになっていた。

綾乃は、ウフフと笑みを漏らして裕一を仰向けにさせ、指で輪をつくり、ゆったりと屹立をシゴき出した。

「やっぱり若いとスゴいわね」

綾乃が身体を跨《また》いで、上に乗ってきた。

（えっ？　な、何これ……）

タイトスカート越しの大きなお尻が、眼前にある。

視界からハミ出るほどの巨大なヒップだ。

彼女が身体を動かすたびに豊満な丸みが、くなくなと迫ってくる。

（す、すごいお尻だ……ムッチリして……くうう、これシックスナインってやつだよな……おばさんやっぱり経験豊富だな）

おそるおそる顔の前にあるヒップを撫でようとしたときだ。

（くっ！）

裕一は快美な刺激に腰を浮かせ、シーツを握りしめた。

肉茎が、ぬめっとした温かなものに撫でられたのだ。

（な、舐めてるっ……おばさんが、僕のチンポを……）

豊尻で隠れて見えないが、感覚でわかる。

根元を持たれ、唾液まみれの舌で陰部の先をちろちろと舐められている。

腰が痺れるほどの気持ちよさに喘いでいると、さらにチンポが温かな潤みに包まれていき、

「くぅっ！」

と、裕一は奥歯を噛みしめ、全身を震わせた。

舐められるだけでなく、ペニス全体を口で頬張られたのだ。

「んっ……む……ふぅ……」

吐息を漏らしながら、唇で肉柱の表皮を甘くこすりあげてくる。

「くううう……」

気持ちいいなんてもんじゃなかった。

温かな唾をまぶされ、とろけるような口内で陰茎を舐めまわされている。

しかもだ。

彼女も舐めながら、昂ぶっているのだろう。

目の前にある巨尻が、じれったそうにもぞもぞしている。

あの優しいおばさんが、お尻をいじくって欲しいとばかりに、いやらしい動きを見

せてくるのだ。興奮しないわけがない。

綾乃は、ちゅるっと勃起を吐き出し、艶々した黒髪をかきあげながら、肩越しにこちらを向いてきた。

「ウフッ。裕くんのオチンチン、美味《おい》しいわ。どう、気持ちいい？」

「は、はいっ……も、もう出ちゃいそう……」

正直に言うと、綾乃は目を細めて妖艶に笑う。

「このまま出してもいいわよ。飲んであげるから」

「の、飲む……」

あっさり言われて身体が熱くなる。

(僕の出した精子を、おばさんに飲ませるなんて……)

想像しただけで、チンポがひくついた。

「あらあら、裕くん。やっぱりおばさんに飲ませたいのね。ウフフ、悪い子ね」

再び勃起が咥えられて、唇でシゴかれる。

唇によってキュッと締められ、表面にからみついてすべっていく。

(ああ、出そうだ……でも……)

このまま射精して、回復する時間はあるだろうか。

　圭一郎が帰ってきてしまったら、今日はフェラで終わってしまう。

（それはいやだ。おばさんと最後までしたい）

　その気持ちが強くなり、

「おばさんっ、待って！」

　と、彼女の太ももをギュッとつかんだ。

「あん、どうしたの？」

　綾乃が肩越しにまた見つめてくる。

　その瞳が妖しく濡れきっている。奉仕するのが好きなのか、顔が上気していて色っぽさが増していた。

「出したら、すぐ回復できないし……」

「ウフフ。わかったわ。おばさんの中に、オチンチン入れてみたいのね」

　ストレートに言われて、カッと頭が焼ける。

「は、はい……」

「いいわよ。だらしない身体だけど、許してね」

「そんなことないです。お尻とか、すごくて」

　裕一が言うと、綾乃は顔を赤らめる。

「あんっ、いやだもう……見せるつもりなかったのよ……ついつい、舐めるときにこのやり方がクセで……んんっ！」

綾乃がビクッと身体を震わせた。

裕一がタイトスカート越しのヒップを撫でたからだった。

(大きいのに、敏感なんだな)

胸を高鳴らせながら、裕一はスカートに手をかけてたくしあげていく。

「あんっ、ゆ、裕くんっ……だめっ」

綾乃は手で隠そうとするも、その手を剝がして、タイトスカートを腰までめくりあげる。

(うおおおお！)

裕一は胸奥で叫んだ。

ベージュのおばさんパンティに包まれた尻は、なんとも丸々としてデカかった。

しかもだ。

パンティの中心部に、シミがついていた。

感じてくれたことがうれしかった。裕一は桃の皮を剝くように熟女のベージュパンティを引き下ろしていく。

すると、真っ白い尻肌とともに、ぬめった肉ビラまでが見えてくる。

（エ、エロいっ、お尻もエッチだけど、四十一歳の熟女おまんこって……）

優しげで可愛いおばさんでも、やはり子どもを産んだ人妻で、黒ずみすらある薄べージュの女性器が、なんとも生々しかった。

スリットの中身は真っ赤で、肉土手は使い込んだ感がある。

ぬめりはすごく、獣じみた生々しい匂いがした。牝の匂いを嗅ぎつつ、裕一は尻割れに顔を埋めて、スリットを舐めあげる。

「は……アァ……ちょっと待っ……あぁぁっ……ダメッ、いやっ、見ないで」

綾乃が背をそらして、大きく喘いだ。

（舌がぴりつく濃い味……でも美味しいっ）

執拗に花唇を舌で愛《め》でれば、スジをぬめらせて淫臭を放つ。

「いやんっ、裕くんっ、おばさんのアソコなんて間近で見ちゃだめよ。あん、シャワーも浴びてないのに……」

「そんなことないです。すごくいやらしい匂いですっ……ガマンできない」

裕一は声を荒げつつ、激しく尻割れにむしゃぶりつく。

「あんっ、恥ずかしいのよっ……息子の友達に、お尻やアソコの匂いを嗅がれるなんてっ、あっ……あっ……ああんっ」

恥じらいつつも、綾乃は、びくっ、びくっと痙攣する。

シックスナインの体勢だが、もうペニスを可愛がる余裕もないようだった。

(おばさん、恥ずかしがってる……ようし、ここも)

裕一は舌をさらに上部まで走らせ、禁断のすぼみに到達させる。

「アアッ! そこは……」

さすがに経験豊富なおばさんも、尻を揺すっていやいやする。

だが、尻穴を収縮させつつ、膣壺《つぼ》から多量の花蜜をこぼすところからすると、恥ずかしくても感じるようだ。

「だめっ、ああんっ……お尻の穴なんてっ……」

逃げようとする尻をつかみ、裕一は排泄穴にヌルッと舌を潜り込ませていく。

「あんっ!」

綾乃が甲高い声をあげて、豊満な肢体を震わせる。

直腸まで賞味される羞恥に、綾乃の身体の体温があがり、汗の匂いがムンと強くなった。

「いやっ、いやっ……」

しかし、がっちりと巨尻をつかまれた綾乃は、抗う術《すべ》なく秘所を貪られ続けている。恥ずかしいだろうに、花唇は濃い愛液をしたたらせるばかりだ。

(お尻の穴、きっとおばさんだったら感じると思った……)

ただ身を任すだけでなく、人妻を感じさせてみたかった。

裕一は不浄の穴を可愛がりつつ、唇をつけて、漏れ出す愛蜜もすすり飲む。

しばらく丹念に舐めていると、いつしか抗いもやみ、

「あんっ……あっ……あっ……ああんっ」

と、感じた声を漏らしつつ、お尻をもじつかせはじめるのだった。

4

「ハアァ、お願いっ……きて……」

肩越しに、潤んだ瞳で見つめてくるおばさんは、今までになく色っぽかった。

ベッドの上で四つん這いになり、結合しやすいように尻をこちらに向けてくる。ぐちゃぐちゃにぬかるんだ熟女の秘部が男を猛烈に昂ぶらせる。

(バックからなんだ……恥ずかしいのかな……)

さすがに息子の友達とつながるときは、顔を見せたくないのかもしれない。

「い、いきますね……」

裕一は尻たぼをつかみ、濡れきった膣穴に熱いモノを押しつける。

(ああ、おばさん……)

頭をよぎるのは、優しい友達の母親の顔だった。

《あなたたち、いつも男ばかりでむさ苦しいわねえ》

《夜は扇風機切りなさいね。風邪引くから》

《おはよ。たくさんつくったから、いっぱい食べてね》

そんな憧れのおばさんと、これから男と女の関係になる。

震えるほどの背徳感が、勃起をさらに漲《みなぎ》らせる。

一気に腰を押しつけた。

「アアッ……裕くんの……入ってきた……ああんっ」

ぬめりきった膣口に野太いモノをくぐらすと、綾乃は背をしならせて、湿った女の声をあげる。

蜜壺が驚いたように、ギュッとペニスを締めつけてきた。

「くうう……気持ちいいっ」

裕一は叫んだ。

女の胎内で、肉棒がドクドクと脈打っている。

チンポがとろけそうなほどの快感だ。たまらなくなってさらに腰を深く入れると、

「アァァ……奥まで届いてる。裕くんのオチンチンが……」

綾乃が愉悦の声を漏らす。

裕一は甘美な感触にたまらず腰を動かして、ぬかるんだ熟女の性器を貪っていく。

「あんっ……ああっ……はぁぁぁ……」

綾乃は両肘で身体を支えて、いやいやするように首を振っている。

(どんな表情をしてるんだろう……)

バックも気持ちいいけど、やはりおばさんの感じた顔を見たくなってきた。

「おばさん……やっぱり、顔を見ながらしたい」

「え……ああんっ、恥ずかしいのに……でも、いいわ、じゃあ……」

裕一が、ぬかるみからペニスを抜く。

熱い蜜がまぶされた勃起から、生臭い匂いが立ちのぼる。

綾乃は仰向けになると顔をそむけつつ、脚を開いた。

「ああ、おばさん……」

恥ずかしそうな顔を見ながら、裕一は正常位でペニスを埋めていく。

「はああっ……ああんっ、硬いわ……すごく……」

出し入れすると、ねちゃ、ねちゃ、と卑猥な音が奏《かな》でられる。綾乃の呼吸が千々《ちぢ》に乱れて、眉をひそめた泣き顔に変わっていく。

（エロいっ……おばさんの顔……目がとろんとして……）

自分のピストンによって、うっとりしてくれているのは間違いない。

興奮し、さらに激しく膣内を穿つと、

「ふ……んぅぅ……アッ……あぁぁ……裕くんっ」

美熟女の口唇から甘い喘ぎがこぼれ出る。

「う、お、おばさんっ……くううっ……」

ぐいぐいと腰をせりあげると、勃起が膣ひだをこすりあげているのがわかる。

「あんっ、気持ちいいわっ……」

ねっとりした声をあげ、おばさんが抱きついてきた。

裕一も汗ばんでいる女体の背中と腰に手をまわし、ギュッと抱きしめる。

「あんっ、あんっ……たまらないわっ……気持ちいいっ、いいっ……」

締めつけが強くなり、早くも感覚が切迫してきた。

おばさんをイカせたかった。だが、突きあげるたびに甘い陶酔感がふくらんで、イカせるどころか、こちらが今にも爆《は》ぜそうだった。

「ああ……だめだ……出そうです」

限界だった。裕一は泣きそうな顔をする。

すると、綾乃は口元を裕一の耳に近づけて、

「……うふんっ……いいのよ、出して。ガマンせずに、好きなときに出していいのよ」

と、ささやいた。

「でも……」

「ウフフッ、私の年齢なら気にしなくてもいいのよ……だから……ああんっ、いいのよ。ねえ、おばさんを久しぶりに女にさせて……」

ねっとりした口調で言われ、ハッとして彼女の顔を見る。

欲しがっている表情だった。

(友達のお母さんに中出し……イケナイ気分が高まってきて、興奮するるっ)

罪悪感は、性欲の前に無力だった。

男の本能が、さらに激しいラストスパートをうながした。

「くううっ……ああ、おばさん、もう……」

「あんっ、中でふくらんでいく。たまらない、奥がたまらないわ」

綾乃がしがみついてくる。

もう限界だった。

「くううっ、出ますっ」

奥まで突き入れたときだ。

「ううっ！」

切っ先が熱くなり、どっと熟女の中で精液をしぶかせる。

「アンッ……熱いの……お腹の中、裕くんのでヌルヌルして……ああんっ、感じちゃう、私も……ああんっ、イクッ……イッちゃううっ」

綾乃もイッたことがわかり、裕一は至福を感じながら、うっとりと彼女のおっぱいに顔を埋め、膣内射精の余韻に浸るのだった。

5

次の日のことだった。

Ｋ市立図書館が定期的にやっている子ども向けの人形劇で、当日、騎士《ナイト》役の女性が来られなくなって、裕一が代役をすることになった。

「いや、今日の今日でしょ。無理ですよ」

「大丈夫よ。五分程度の劇なんだから」

同僚たちに説得され渋々受けたが、受けた理由はもうひとつあった。

劇はたったふたりでやるのだが、もうひとりのお姫様役が、綾乃だったのである。

だが、ふたりきりの練習前に綾乃は、

「裕くん、へんなこと考えてるでしょう？　だめよ、練習に集中しないと」

と、釘を刺されたので意気消沈してしまった。

（意識するなって、無理だよ……）

白いブラウスに、ちょっと短めの紺のスカート。

昨日のムチムチしたおばさんの肢体を思い浮かべてしまいながらも、真面目に練習に取り組んで、いよいよ本番になった。

児童書コーナーの部屋には椅子が並べられ、その前にある教卓のような机に、お城の絵が貼ってある。

この机の後ろにふたりで隠れて人形をつけた右手を伸ばし、操るのである。

「ええっと、私が右側だから、こっちね」

綾乃は机の後ろに隠れて、片膝をつく。

すると短めのスカートがずりあがって、ナチュラルカラーのストッキングに包まれた太ももが剝き出しになった。

裕一も隣で座るが、

「もっとくっついて。じゃないと、子どもたちから見えちゃうから」

おばさんに言われて、少し位置を移動する。

太ももや腕が密着する距離だった。

ドキドキして綾乃を見れば、彼女は「ウフフ」と笑い、裕一の頰に軽くキスをしてくる。

「……あんなことしちゃ、だめだったのにね。あのあと、ずっと圭とか、夫の顔を見るのがつらかったわ」

「す、すみません」

手に人形を嵌めながら、裕一が謝る。

「謝らないでいいのよ。私、夫のこと嫌いじゃないのよ。でも、もう女として見られないので寂しかったの。ズルいでしょうけど、これでよかったというか……」

裕一には答えられなかった。

言わば不倫だし、しかも相手は、息子の友達だ。

客観的に見れば罪深いことをしているのだろう。

だけど、自分で言うのもなんだけど、これで夫婦がうまくいくなら、いいんじゃないかと思う。

会話している間に、わいわいと子どもたちの声が増えてきた。

「準備いいですか？　子どもたち入れますね」

司会進行役の同僚の女性が、声をかけてきた。

最初は司会役が説明し、いよいよ劇に入る。

騎士がお姫様を助けるという簡単なストーリーだが、子どもには単純なものの方がウケはいい。

カーテンがすべて閉められて、部屋が薄暗くなる。

ライトはこちら側の二箇所だけだ。

綾乃が、お姫様の人形を手に嵌めて机の上に出すと、それだけで子どもたちから歓声があがる。

（無邪気でいいなあ……）

微笑ましかった。

あと十年もしたら、いろいろ大変なんだぞ、と子どもたちのことを思いつつ、裕一も出番の準備をする。

『すると、魔女が現れて、お姫様をさらっていったのです』

机の前にいる司会役の声が聞こえてきた。

「あれえ、助けてえ！」

綾乃が人形を操作しながら、悲鳴をあげる。

(やっぱ何度もやってるから、おばさんうまいなあ)

裕一は騎士の人形を嵌めた手をあげて、

「わ、われは……騎士でありまして」

どもりながら覚えてきた台詞を言う。

子どもたちがドッと笑った。

見かねたのか、彼女が顔を近づけてきて低い声でささやいた。

「間違ってもいいから、堂々と言えばいいのよ。フォローしてあげるから」

「は、はい」

裕一はなんとか思い出しながら、台詞をしゃべる。

たどたどしいまでも、どうにか致命傷は避けて劇が進行しているときだ。

「きゃー、騎士様、助けてぇ」

綾乃は意外と入り込む性格らしく、人形の操作に夢中になって、しゃがんだまま、こちらに身体を預けてきた。

(え？　……うわっ、危ない)

裕一は片膝をつき、おばさんの身体を左手で抱きかかえた。

(あ！)

手のひらに柔らかな感触があり、裕一はドキッとした。

偶然にも、背後からブラウス越しに綾乃のおっぱいをつかんでしまったのだ。

彼女は肩越しに振り向いて、少し表情を曇らせた。

「ち、違うんですっ……偶然で……」

小声で言い訳すると、綾乃は何も言わず、そのまま劇を続ける。

(ああ、怒られなくてよかった)

だが困った。

裕一はしゃがんだまま、綾乃を抱いた姿勢である。

乳房から手を離そうにも、外したらバランスを崩し、机の外に顔が出てしまいそうなのだ。

(この体勢はまずいっ……でもおっぱいから手を離せないし……どうしよう……)

綾乃が動く。

すると、スカート越しの巨大なヒップが裕一の股間をこすってくる。

(やばい。子どもたちの前で勃起するなんて……)

しかしだ。

小さくしようと思うのに、お尻の刺激で勃起が静まらない。

そのうちだ。

おばさんの太ももが見えたので、ドキッとした。

どうやら劇に夢中になっていて、スカートがまくれているのに、気づいていないらしかった。

(ホントにやばいよ……)

見てはいけないと思うのに、裕一の目は吸い寄せられる。

そこで思わず「うっ」と固まった。

片膝を突いたおばさんのスカートがきわどいところまでまくれあがり、ストッキング越しのパンティがちらっと見えてしまっていたのだ。

肌色のぬめったパンストに透けるのは、純白のパンティだった。

（おばさんのパンティ……今日は白なんだ……）

興奮がとまらなくなっていた。

ミドルレングスのさらさら髪から、甘い匂いが漂ってくる。ムンとする香水と柔肌の匂いにも興奮してしまう。

（ああ、おばさん……）

勃起させながら、思わず左手でつかんでいた綾乃の乳房を、大胆にもギュッと揉んでしまった。

「騎士様、私のために……ンンッ……」

綾乃が台詞の途中で、身体をピクッと震えさせた。

（や、やば……）

しかし、彼女はチラッと肩越しに見ただけで、そのまま劇を続けていく。

（お、怒らないの？）

裕一は唾を飲み、服の上から乳房をやわやわと揉みしだいた。

「んんッ……あ、騎士様ーっ、どこですかぁー……んふ」

綾乃の息がわずかに乱れ、台詞にセクシーな音色が混じってきた。

「お、お姫様、ここですっ」

裕一は台詞を言って、右手で人形を操りつつ、左手を今度は綾乃の太ももに持っていく。

彼女の身体がビクンッと震えて、太ももがギュッと締まる。

肩越しに睨まれた。

（わかってる。わかってるんですっ……でも、もうとめられない……）

ドキドキを感じながら、裕一は無理に左手で綾乃の内ももを撫でさする。

「ん……」

綾乃が、かすかな声を漏らし、裕一の太ももをギュッとつかんでくる。

「んふっ……騎士様。助けてぇ……はぁん……」

ますます綾乃の台詞の口調が、色っぽくなってきた。

裕一は夢中になり、いよいよスカートの中に手を潜らせていく。

すると、

「あんッ、な、騎士様……」

綾乃が甘い喘ぎをこぼした。

ドキッとして手をとめる。

しかし、子どもたちは騒ぐこともなく、きちんと静かに人形劇を見ているようだ。

ホッとすると、おばさんが、

「裕くん、台詞……」

と肩越しに伝えてくる。

（やば……）

慌てて思い出して、

「お姫様、あの……では魔女を退治いたします。あの山に……」

と、なんとか台詞を返すと、綾乃も人形を動かしながら、

「あの山に、いるのですね」

と、台詞を続けてきた。

（ああ、おばさんのスカートの中、すごく熱い……）

パンティストッキング越しに、柔らかな恥丘の感触があった。

裕一は、人差し指と中指をパンティ越しの股間に密着させ、クロッチの上から静かに押さえ込んでいくと、

「んふっ……わ、私も騎士さんと一緒に……んうんっ……連れていって……」

台詞が艶っぽくなり、綾乃の腰が震えてきた。

（か、感じてる……子どもたちの前でイタズラされて……）

裕一は調子に乗って、二本の指ですりっ、すりっ、とクロッチ部の柔らかな箇所をなぞっていく。

「はああっ……」

こらえきれない、という感じで、綾乃はかすかな喘ぎを漏らす。

お姫様の人形をつけた右手が震えているのが見えた。

（ああ……子どもたちの前で、おばさんにエッチなイタズラを……）

人形劇のその下では、騎士役の男がお姫様役の女の恥部を撫でている。

もしバレてしまったら、大問題だ。

だけどもうとまらなくなって、さらに綾乃の陰部をねちっこく撫でまわす。すると、淫らな熱を指先に感じるようになってきた。

（あれ？　し、湿ってないか……おばさんのアソコ……）

間違いなかった。

綾乃は人形劇をしながら、アソコを濡らしはじめていたのだ。

（も、もうたまらない……）

裕一は息を荒がせつつ、パンストの上から亀裂をさする。

「騎士様、うっ……くっ……」

綾乃の台詞が途切れ途切れになる。

そしてしゃがんだまま、裕一の方に身体を預けてきていた。ヒップのくねりが激しくなっている。

（欲しくなってきたんだっ……いやらしい……）

そしてついに、パンスト越しにも、小さな突起を指がとらえたときだ。

「くうっ……あはあんっ」

人形劇のお姫様が色っぽくなってきたので、子どもたちがざわざわしはじめる。

さすがにおばさんも、肩越しにこちらを見つめて、厳しい顔をした。

「ああんっ……裕くん、もうやめて……パンティ濡れちゃう。お願い、終わったら好きにしていいから」

ひそひそ声で訴えてくる綾乃の色っぽさに、裕一の理性はプツッと切れてしまった。

「でも、もうガマンできない。たまりません、おばさんっ！」

思わず大きな声を出してしまった。

「あっ……」

慌てて口を閉じても遅かった。

子どもたちの笑い声が聞こえてきた。

「今、あの騎士の人、お姫様のことをおばさんって言ったー！」

「へんなのー！」

司会が静かにして、と言い聞かせる。

だが子どもたちの笑い声は一向にやまない。

「騎士様っ！　私はおばさんじゃありません。お姫様ですっ」

慌てて綾乃はアドリブでリカバーする。

ところがその台詞も面白かったらしく、子どもたちの笑い声が、さらに大きくなった。

「もう……っ！」

綾乃が肩越しに睨んでくる。

「集中して……最後まで。ね？」

咎《とが》められ、ようやく裕一はスカートの中から指を外した。そして、劇に集中しようとするのだが、もう台詞は完全に忘れていて、最後まで笑い声が絶えない喜劇になってしまったのだった。

第四章　人妻の痴女プレイ

1

人形劇でのイタズラは、さすがに綾乃に怒られた。

「私も気持ちよくなっちゃったから、つい許しちゃったけど……だけど、はっきりとやめてって言うべきだったわね」

人形劇をしたあの日、仕事が終わった後、綾乃とラブホテルで身体を重ねたのだが、その後、彼女はあまり誘ってこなくなった。

裕一があまりに求めてくるのが怖くなったのか。

それとも罪悪感から来るものなのか。

いずれにせよ、やはり友達の母親と逢瀬《おうせ》を続けるなんて、よくないことだと思っていたから、ホッとした部分もあった。

とはいえ、寂しさは募るばかり。

まあ以前の準童貞の頃よりは、遥かに恵まれていると思うけど。


「あら『はつ恋』。今までなかったんですか?」

書庫で本を整理していると、美月が来て声をかけてきた。

「ええ。ツルゲーネフの作品がなかったので、頼んでおいたんです」

美月は裕一から本を受け取ると、眼鏡のブリッジを指で上げてから、ぱらぱらとページをめくる。彼女のいつものクセだ。

(ああ……可愛い。三十路の未亡人なのに、なんでこんなに可愛いんだよ)

眼鏡の奥の大きな瞳、艶々している長い黒髪。少し鼻にかかった甘い声。

文系のおとなしそうな雰囲気とは裏腹に、ブラウスの胸元を悩ましく盛りあげる甘美なふくらみや、細い腰からヒップにかけての豊かなラインもたまらない。

「『はつ恋』好きなんです、私」

本を戻しながら、美月が言う。

「僕も好きです。恋する苦しさが、文章から伝わってきますよね」

まっすぐに見つめると、美月は少しつらそうな顔をする。

「そうですね……主人公が年上の女性に恋をして……」

「僕は、美月さんに遊ばれる関係でもいいです」

裕一がふいに言うと、彼女は眉をひそめた。

「あの後輩の女の子は？」

「彼女は関係ありません。好きなのは、美月さんだから」

美月はどうしたらいいか、わからないといった表情を見せる。

しばらく沈黙があり、ふいに彼女が口を開いた。

「私は、あなたと本の話をしている時間、好きですよ。それに……私の亡くなった夫とあなたは似ているんです。趣味とか、考え方が」

その言葉に、裕一は首をかしげる。

美月の言い方は、自分に好意を持ってくれている、としか聞こえなかったからだ。

「だったらなんで遊びだなんて。僕と付き合ってくれても……」

「だめよ。九つも違うのに。あなたは自分にふさわしい人を見つけてください」

「じゃあ、見つかるまで遊びの関係でいいじゃないですか。そのうち、年の差なんか気にならなくなるかも」

「違うのよ」

彼女はきっぱり言った。

眼鏡の奥の目が哀しみに沈んでいた。

「……ホントに遊びだったら、どんなに気がラクか……」

彼女はそう言ってから、ハッとして、裕一の顔を見た。

「ごめんなさい。仕事の手をとめてしまって……」

美月は頭を下げると、足早に書庫から出ていってしまった。

(へ？　どういうこと？　僕のことは遊びじゃないの？)

美月が何を考えているかわからなくなり、裕一はただぼうっと、彼女が去った方向を見つめていた。

2

「そりゃあ、おまえじゃや、物足りないってことやろ」

良太は裕一が思っていたことをストレートに言い、缶ビールを呷《あお》る。

「まあ、しゃあない」

「気を落とすな」

圭一郎と拓也が、慰める気もなさそうに適当に言う。

その日の夕方。

バイトが終わって、いつもの三人と待ち合わせて、そのまま裕一のアパートの部屋になだれ込んだ。

ここのところ圭一郎の家ばかり行っていたので、たまにはということで、裕一のむさ苦しい八畳の１ＬＤＫの部屋にしたのである。

実のところは、おばさんに会いたくなかったので、裕一から自宅にしようと言い出したのだった。

ちなみにこうして圭一郎の顔を見ていると、ふいに罪悪感も湧く。

だが、そこはもう開き直りである。

「しかし、そんな美人とエッチできたなんてなあ……くっそ、裕一のくせに」

良太が心底羨《うらや》ましそうに言う。

「で、どこでヤッたんだよ、この部屋か？」

拓也がイヒヒと笑う。

「まさか、図書館とか？」

圭一郎の言葉に、裕一はドキッとした。

「そ、そんなのどこでもいいだろ」

「いいや、よくない。今日は朝までその話だ」

拓也も缶ビールを呷り、小さくゲップした。

(まいったな、やっぱりこれだよ……)

相談するために、美月とセックスしたことを控えめに白状したのだが、やはり言わなければよかったと後悔する。

やれやれと思いつつ、ビールを持ってこようと立ちあがったときだ。

出窓から、向かいの一軒家のベランダに、隣家の奥さんの姿がチラッと見えた。

(おっ！)

裕一は色めき立った。

三階のアパートからは、一軒家の二階は見下ろす形になる。

なので、目隠し用にタオルを干して隠しているのだが、ブラジャーやパンティといった洗濯物を取り込んでいるのが、上から丸見えなのである。

(いつ見てもキレイだなあ、隣の奥さん……)

裕一は、ついつい彼女の容姿に見入ってしまう。

隣家の人妻は、初々《ういうい》しい若妻という感じで、おそらく二十代の前半であろう。

ふんわりと丸いシルエットのボブヘアが似合う、色白のうりざね顔。

目がぱっちりして睫毛《まつげ》が長く、小顔でキュートだ。それに加えて憂《うれ》いを帯びた表情を見せているから、可愛いのに色っぽい。

同性からは好かれないだろうが、男が放っておけないと思わせるタイプである。

それにスタイルも抜群だった。

細いがニットの胸元は立派で、前に大きく突き出しているから、どうしてもそこに目がいってしまう。タイトスカートのヒップの曲線は、人妻らしく扇情的だ。

（しかし、旦那さんはどうしたんだろうな……全然見ないけど）

半年くらい前、あの家が新築で建ったばかりのときは、奥さんと旦那さんが仲睦まじく歩いているのをよく見かけたものだ。

ところが、だいぶ前から旦那の姿を見ないような気がする。

「おい、何見てんだよ。おっ、また向かいの人妻か」

良太もこっそり出窓を覗く。

向かいの奥さんがキレイなのは裕一以外の三人も知っているから、みなが窓のところに集まって顔を出してきた。

「うわっ、相変わらず、あの奥さん美人だよなあ。俺もここに住もうかな」

圭一郎が身を乗り出した。

「おい、ばれるだろ。顔ひっこめろ」

拓也はそう言いつつも、自分も身を乗り出す。

四人がくっついて出窓を覗いているなんて、異様な光景だろうなあと思いつつ、裕一も食い入るように見る。

奥さんは洗濯物を取り込み終わったらしく、部屋の中に入った。

部屋は普段はカーテンが閉まっているが、今日は隙間が空いていて中が見えていた。

そのときだった。

「おおっ……！」

四人はまるで、ハモるように歓喜の声をあげた。

向かいの奥さんがこちらに背中を向けて、ニットを脱ぎはじめたからだ。

「うおおっ、ウソだろ……！」

「シーッ、黙れ」

向こうに聞こえるはずはないのに、四人は息だけを荒くして、静かに凝視した。

白くて美しい背中に、水色のブラジャーのホックまで見える。

覗きなんていけないと思うのに、もう目が離せなかった。

わずかに彼女が身体を横に向けると、ブラに包まれた悩ましい胸のふくらみが目に飛び込んでくる。

「で、でけえな……」

「おお……何カップあるんだろ……」

みなで、唾を呑み込んだ。

おそらく美月や綾乃の方が大きいと思うのだが、向かいの奥さんは身体が細くて引き締まっているから、おっぱいだけが異様に大きく見える。

（ジョギングしてるの、たまに見かけるもんな……）

身体には相当に気をつかっているのだろう。

そんなことを思いつつ見ていると、奥さんはスカートに手をかけた。

（あっ！）

腰を曲げてスカートを下ろしていくと、水色のパンティに包まれたヒップが露わになる。桃尻は、ぷりんとして意外なほどボリューミィだ。

「す、すげえな……」

みなでため息をこぼす。

丸味を帯びた肩から、キュッとしぼったウエストに向けての稜線は色っぽく、それでいて、ほっそりした腰からヒップへはぐんと広がっている。

目をこらしてじっと見ていたときだ。

下着姿の奥さんが、肩越しにチラッとこちらを見た気がした。

(え?)

だが裕一以外の三人は、それに気づく様子はない。

気のせいだろうかと思っていると、奥さんは両手を背中にまわして、ブラのホックを外した。

ブラジャーが緩み、背を向けたまま、それを腕から抜いていく。

「おおっ、後ろからでもおっぱいのふくらみが見えるぞ」

「こ、こっち向けっ、こっち……」

大学生たちは、もう美人の奥さんの半裸姿に夢中だ。

やがて奥さんは最後の一枚に手をかけた。

しかし、なぜかパンティを脱ぐのはためらっている。

「どうしたんだよ」

「一気に脱げ、一気にっ」

三人は口々に煽りつつ、みんな股間を握りしめていた。

奥さんはパンティに手をかけたまま、太ももをよじり合わせている。なんだか恥ずかしがっているような仕草だった。

(まさか……僕たちが覗いてるの知ってて、わざと見せてるんじゃあ……)

後ろから奥さんの横顔が見えた。

顔が赤くて、遠くからだからわかりづらいが、瞳が潤んでいるようだ。

(やっぱり、見られてるの知ってるんだよ、きっと)

若い男たちにサービスのつもりだろうか。

それともからかっているのか……。

いずれにせよ、見せてくれるなら見たかった。

だけど、彼女のフルヌードを、三人には見せたくない気がした。

奥さんは少しためらったあと、ゆっくりとパンティをズリ下ろしていく。

深い尻の割れ目が見えてくる。

息がつまり、ドクドクと心臓が激しく動く。

ヒップが半分ほど見えたときだ。

裕一は立ちあがり、出窓のカーテンを一気に閉めた。

「おいっ！」

「何すんだよ」

「いいところなのに！」

三人が殺気だった怒りをぶつけてくる。

「い、いや……今、あの奥さんがこっちを見たんだよ。バレるって」

裕一が適当に言うと、

「あほか。いきなりカーテン閉めたら、そっちの方がバレるだろ」

良太が正論を言い、裕一から奪うようにして、カーテンを開ける。

しかし、奥さんは部屋着らしきタンクトップと短パンに、ちょうど着替えてしまったところだった。

「裕一、恨むぞ。あの奥さんの尻を目に焼きつけたかったのに」

緊張感がとけたように、三人は窓から部屋の中央に戻ってきて、またビールを飲みはじめる。

（でも、あの奥さん、絶対にこっちを見たよな……）

どうもそれが裕一の中で引っかかっていた。

「いいよなあ、図書館って。昼間なんか寂しくて暇な人妻とか、よく来るんだろ」

良太の言葉に裕一は考える。

「まあ、たしかに人妻らしき人は来るな。でも子ども連ればっかだぞ」

「子ども連れだって寂しいに決まってるだろ。なあ、俺とたまには代わってくれ」

良太が冗談か本気かわからぬことを言う。

「やだよ。ナンパする気だろ」

裕一が顔をしかめる。

続けて拓也が「ああ、そうだ」と膝を打つ。

「そういや、おばさんも働いてるんだよな。俺、そっちでもいいや」

圭一郎を見ながら拓也がいやらしく笑う。

すると、圭一郎は缶ビールを吹き出し、拓也につめ寄った。

「あのなあ。二度とおふくろの話をするなって言ったろ」

「いいじゃん、一回くらいなら……」

「あほか。おふくろとヤッたなんて言ったら、ぶっとばすからな」

ふたりでもみ合いになり、どたばたと騒ぎになる。

すると、隣の部屋から壁を叩く音がしたので、慌ててふたりは離れて、そのままいがみ合っていた。

裕一は罪悪感を覚えて、すっかり酔いが醒《さ》めてしまった。

3

《昼間の図書館には、寂しい人妻が来る》

裕一は、平日の昼間の図書館でカウンターにいながら、ぼうっと良太の言葉を思い返していた。

確かに人妻は来る。

だけど大半が、やっぱり子ども連れである。

(ひとりで来る人妻って、そうそういないよなあ)

向かいの奥さんくらいの美人なら、声もかけたくなるが、まずそんな美人妻はいない。

(美月さんやおばさんが、キレイすぎるんだよな)

などと考えているうちに、ふいに女性が目の前に来ていた。

「貸し出しですね。会員証を……」

と、彼女の顔を見て固まってしまった。

（あっ……）

あの向かいの奥さんだった。

ふんわりと丸いシルエットのボブヘアに、色白の小顔。

目がぱっちりして大きくキュートなのに、どこか不安げな憂いを帯びた表情が、男をときめかせる。

（近くで見ても、キレイだなあ……）

身体を熱くしながら、彼女から受け取った会員証のバーコードを読み取る。

《枡田《ますだ》沙也香《さやか》　二十五歳》

（沙也香さんっていうんだ。二十五歳か。若妻って感じで初々しいな）

会員証を返すと、沙也香は真っ直ぐに見てきて、笑みを浮かべた。

「あの、たまに近所でお見かけしますよね」

「あ、え？　あ、ああ……そうですね」

裕一は、今初めて気づいたフリをする。

「向かいのアパートでしょ？　学生さんかしら」

ニッコリと微笑む美貌に、裕一は顔が熱くなるのを感じる。

「そ、そうです」

まさか自分を知っているとは思わなかったから、ドキドキだ。

と、ふと、昨日、沙也香の着替えを覗いていたときに、こちらを見たことが思い出される。

(覗き、バレてるのかな?)

そう思うのだが、沙也香にはまったく警戒心が感じられない。

「主人と越してきたんです。でもね、家を建てたばっかりなのに、主人は別の地域の担当になって一年間単身赴任。ひどいでしょう。新しい家に私ひとりぽつんって」

「はあ、それはひどいですね」

おとなしそうな雰囲気だが、結構話し好きらしい。

しかし、それでようやく旦那の姿が見えない理由がわかった。今は、沙也香はあの家にひとり暮らしというわけだ。

「誰も知らない土地で話し相手もいなかったの。ちょっと遠いかなと思ったけれど、ここの図書館に来てよかった。また来ますね」

「はい、いつでも」

沙也香の後ろ姿を見ながら、裕一はぽうっとしていた。

(まさか、あのキレイな奥さんとこうして話ができるなんてなあ……)

この図書館で働きはじめてから、確実に女運は向いてきている。

美月のことはずっと気になっているけど、やはり健全な男子学生としては、ヤレそうな方にも興味を持ってしまう。多感な時期なのだ。

「……でね。昨日も電話してきて、すぐに出ないと怒るわけよ。まったく、自分は自由にやっていて、私には自宅にいるように強制するのよね」

沙也香は本を選びながら、ため息をついた。

裕一はワゴンから本を取り、棚に戻しながら沙也香の愚痴《ぐち》を聞いている。

図書館で初めて話してから二週間、沙也香は本当に暇だったようで、二日に一回はこうして夕方にやってきては、裕一の仕事の邪魔にならぬように、控えめに話しかけてきた。

おかげでずいぶん親しくなり、今はプライベートな話までする仲になった。

「いや、ですから……旦那さんは沙也香さんを家に置いておきたいんですって。心配なんですよ」

「そうかしら……」

沙也香が素っ気なく返してきた。

いつもの反応なので、裕一も驚かなくなってきた。

話してみてわかったことだが、沙也香はまだ結婚して三年なのに、旦那に対して醒めているようだった。

勝手に仲睦まじいと思っていたが、どうやら違っていたようだ。

(沙也香さん、いい人なのにな……)

旦那がいないから奔放にやりたい、なんていうタイプではなく、清楚で貞淑《ていしゅく》な人妻だというのは話していてわかる。

ひとり暮らしでも貞操観念は守るといった、真面目な女性である。

それでも、もはや堪忍袋の緒が切れたというのか、旦那に愛想を尽かしていることがありありとわかる。

おとなしい女性がここまで愚痴を言うのだから、亀裂は深いのかもしれない。

「まあでも、こうして話し相手になってくれる人がいてよかった。裕一くんは面倒くさいだろうけど」

「面倒なんて、そんなことありませんよ」

本当にそうだった。

こんな美人の若妻と話す機会ができるなんて……。

気を抜くと、美しく官能的な胸の曲線に、つい視線が吸い寄せられてしまう。

それをグッとこらえて下心なく話しているからこそ、沙也香はこうして打ち解けてくれているると自覚する。

（人畜無害に思われているんだろうなあ）

良太たち曰《いわ》く、自分は童貞くささが垣間見えるらしい。

美月、詩織、綾乃とまったくタイプの違う女性たちと身体を交わしたのに、どうにもまだ女性に対する免疫はついていないようだ。

（だからフラれるんだな、きっと）

下心、もっと出した方がいいんだろうか。

そんなことを思いつつ本を整理していると、沙也香が隣に来て本を探すためにしゃがんだので、ドキッとした。

（お、おっぱいっ、見えてる！）

沙也香のピンクのVネックニットの襟ぐりから、肌色の乳房の谷間がはっきりと目に飛び込んできた。

（い、いけない……）

と思うのに、どうしても目がいってしまう。

谷間はかなり深く、形がムニュッとひしゃげていて、白いブラジャーのレース部分まで見えてしまっている。

「これ、読んだことある？」

沙也香が立ちあがったので、すぐに視線を胸元から外す。

「えっ……ああ、乱歩」

手渡された文庫は、江戸川乱歩の『屋根裏の散歩者』だった。

「ありますけど……沙也香さん、ミステリーが好きなんですか？」

「ううん。これね、読んだのは高校生ぐらいのとき。カバーが変わったなあって、懐かしいと思って……主人公が人の生活を覗き見するのよね」

彼女がこちらを見た。ドキッとした。

若妻の大きな目が潤んでいたからだ。その目は何かを知っていて、からかっているような目つきだった。

（まさか、この本……僕たちが部屋を覗いていたことを言ってるんじゃ……）

でも確信はない。だからとぼけることにした。

「僕も乱歩、好きですよ。『屋根裏の散歩者』も」

すると沙也香は手を口元に持っていき、上品に笑った。

「ねえ、裕一くんってフラれてばかりって、この前、私に言ってたわよね」

「え？　ええ」

「もう少し強引じゃないと、だめかもしれないわね」

「はあ」

裕一は首をかしげる。

今、自分は彼女を誘うようなことをしたんだろうか？

わからぬまま、乱歩の本を沙也香に渡す。

と、彼女は、

「裕一くん。夕方で終わりでしょ？　一緒に帰らない？」

彼女が誘ってきたのは初めてだった。

もちろん断る理由なんかないから、ふたつ返事で頷いた。

4

裕一のバイトが終わるのを待って、ふたりは最寄りの駅まで歩いた。

「えーっ、何よそれ」

沙也香が驚いて目を剝いた。

日頃何を食べているか訊いてきたので、納豆とサラダとツナ缶を食べていると答えたのだ。

「だめっすかね。納豆と野菜なら栄養も取れそうだけど」

「そればっかりじゃだめよ。きちんとバランスよく取らないと。まるでダイエットしてるみたい。だからそんなに痩せてるのね」

ギュッと脇腹をつねられる。

だけど裕一には、つかまれるような肉がなかった。

「はあ、若いわね」

「沙也香さんと四つしか変わりませんよ」

「大学生と、家に籠《こ》もってる人妻じゃ、カロリーの消費が違うわよ。ほら、つかんでみて」

沙也香が左手をあげる。

今日の若妻は、ノースリーブの白いサマーニットに膝上の黒いミニスカートだ。

白い太ももがムッチリして健康的だ。だが今はそれよりも、無防備な腋の下が眩《まぶ》しくて裕一は身体を熱くする。

「つ、つかみますよ」

おそるおそる、脇腹をギュッとつかんでみた。

ほんの少し柔らかい肉がつまめたが、だからといって沙也香は太ってないし、むしろ両手でつかめそうなほど腰が細い。

「ほら、ちょっと肉が出てきて……」

「でも細いですよ。腰なんか折れそうじゃないですか。何センチ……」

ハッとして口をつぐむ。

沙也香は上目遣いに睨んできた。

「訊くぅ？　女性にそういうこと……昔は私、自信あったのよ。ねえ、全盛期で言っていい？　キミと同じくらいの年齢のときは五十六センチだったもん」

「ええっ？　それもうモデルとかじゃないですか」

「そうよお。だってモテたもの。でも本ばっかり読んでたから、そのときはあんまり男性に興味なかったのよねえ」

ちょっと寂しそうに沙也香が言う。

この美貌だ。ウチの大学にいたら、おそらく詩織とトップを張るだろう。

でも当時は、おとなしい文系少女だったんだろう。

なんだか可哀想な気がした。

結婚するまで男性経験は少なかったみたいだし、せっかく今、男と親密になりたいような気分になっているというのに、旦那は近くにいないのだ。それは寂しいに決まっている。

「ねえ、今度私の家にご飯食べにこない？」

思いも寄らぬ沙也香の提案に、裕一は顔を輝かせる。

「いいんですか」

「いいわよ。毎日、ひとりで食べても美味しくないし……」

僥倖だった。

独り寝の人妻のところに遊びにいくなんて、期待しない方が無理だ。しかも今、かなり寂しいと自ら告白してくれたではないか。

そんな話をしながら駅に着くと、ホームは帰宅客で混雑していた。

「こんなにすごいの？」

沙也香が電車待ちの列を見ながら、目を丸くする。

「そうか、満員電車は乗らないんでしたっけ？」

「図書館に行っても、もう少し早く帰るからね」

「女性専用車両に乗ります？　降り口で一緒になれば……」

「ううん。裕一くんがいてくれればいいわ」

と、見あげてくる。

沙也香は可愛らしくて小柄だ。

それでいてノースリーブにミニスカートという、ちょっと露出の多い格好である。

胸のふくらみやお尻の丸みも、人妻らしく官能的だし、これはしっかりガードしないとだめだなと気を引き締める。

電車がやって来る。

すでに車両の中は、乗客でいっぱいだった。

ホームに着くと押し出されるように乗客がドアから吐き出され、同じくらいの人の塊が乗り込んでいく。

人の波に飲まれながら、裕一と沙也香は反対側のドアの方まで押し込まれていく。

裕一はドアに手をついて、沙也香と向き合う。

そして他の乗客に触れないように、彼女の身体を抱いた。

（おうう……）

沙也香は胸のところをクロスしてガードしているが、ミニスカートから伸びた生の太ももが、裕一の足に密着していた。

さらにだ。沙也香の柔肌やしっとりしたボブヘアから、女の甘い匂いが立ちのぼってきて、クラクラしてしまう。

電車はすしづめのまま、動き出した。

最寄り駅まで二駅で十分。いつもは結構長く感じる。

(でも、これだったら永久に乗っててもいいな……)

腕の中に抱く若妻の淡い息づかいを感じる。それとともにズボン越しにムチッとした太もものたわみを感じる。

そうなってくると、当然ながら股間が刺激されてしまう。

(やばい……)

ズボンの中で分身が硬くなっていく。

おさまれ、おさまれと念じるものの、意識すればするほど逆にギンギンに勃起してしまう。

沙也香はもぞもぞしながらも、見あげてきた。

どうやら腹部に当たっているものが気になったらしい。

そして、手でかがめと合図してくる。

（ああ、怒ってるな……）

おそるおそる顔を近づける。彼女が耳元に口を寄せてきた。

「……すごく硬くなってる。痴漢でもする気なの？」

ねっとりとささやかれて、全身が熱くなる。

「なっ、い、いや……まさか」

若妻の顔を見る。

いつものぱっちりした目は、瞼が半分ほど落ちて濡れている。若妻のエッチな表情にますます股間がいきってしまう。

「ふふっ、まさかなんて……ウソ。私にエッチなことしたいんでしょう」

（あっ！）

裕一は沙也香を抱きながら、ビクッとした。

沙也香の手が、ズボンの股間を撫でるようにさすってきたのだ。

そして若妻は、裕一だけに聞こえるようにささやいた。

「この前、私の着替えを覗いていたでしょう？　お友達と」

「え！　い、いや……あれは……」

「あれは？」

「ぐ、偶然というか……その……カーテンが開いてて……くぅう……」

裕一はくぐもった呻き声を漏らす。

沙也香がギュッと股間をつかんできたからだ。

「こんなに硬くして……ねえ、ホントは私の身体に興味があるんでしょう？　図書館で見せたわよね、『屋根裏の散歩者』を。それを見せたら白状するかなって思ったんだけど、とぼけたわよね」

沙也香が小声で言う。

「すみません」

裕一もささやくように謝り、うつむいた。

「ウフフ。正直に『抱きたい』って、言ってくれればいいのに。寂しい女は強引にこられると、くらっとくるものよ。あなたがよくフラれるのって、そういう弱気なところが見えるんじゃないかしら」

そこでようやく図書館での、沙也香の言葉を思い出した。

（強引に……か……）

確かにずっと受け身だったし、一度断られて引き下がるのも、女性からしたら物足りなく見えたのかもしれない。

「ウフッ、こんなに大きくして。どうなの？　私としたいんでしょう？」

挑発的な沙也香の言葉に、一瞬、臆病になりそうになった。

だけど、強気でいけとのアドバイスを受けたのだ。素直に気持ちを出していくことにした。

「し、したいですっ……沙也香さんとエッチしたい」

ガタンガタンと、電車が揺れている。

満員電車でサラリーマンたちに挟まれながら、言うような台詞《せりふ》じゃないよなあと思いつつ、股間を熱くしてしまう。

「あん、合格よ。求められるの、久しぶり……」

沙也香がうっとり言いながら、裕一のズボンのファスナーを下ろしてきた。

指を中に入れられて、ブリーフもまさぐられる。

「えっ……あ、あの……」

慌てているうちに、沙也香にペニスを引っ張り出される。

(あああっ……！)

慌てて裕一はそれを手で隠す。

満員電車の中で勃起した男性器を露出させるなど、恥ずかしくてどうにかなってしまいそうだ。

「……ま、まずいですよ」

小声で非難し、それをしまおうとするも、沙也香は許してくれなかった。

逆手で太幹を包むと、満員電車の中だというのに表皮をシゴいてきた。

「うっ……」

人前で性器を露出するだけでも恥ずかしいのに、手コキされるなんて信じられなかった。

「さ、沙也香さんっ……」

顔を真っ赤にして訴える。

だが彼女は見あげると、大きな目を細めてうっとりと笑みを浮かべてきた。

「……フフ、こうして欲しかったんでしょ」

「で、でも……ああっ……」

感じた声が漏れ、裕一は慌てて自分の手で口を塞いだ。

(こんな可愛い奥さんが、痴女プレイをしかけてくるなんて……)

満員電車内という大勢の人がいる状況の中、細い指を使って根元からカリ首まで、ゆるゆるとシゴかれる。

恥ずかしいがしかし、夢を見ているようだった。

色っぽくて可愛い近所の奥さんが、こうしてペニスをシゴいてくれているのだ。

ジンとした痺れが広がり、裕一は沙也香を抱きながら脚を震わせる。

（くうう……）

気持ちよすぎて目をつむりそうになる。

息がハアハアと乱れてしまう。気をつけないと、まわりの乗客に変質者と思われそうだ。

下を見れば、もう先走りの汁がこぼれていて、沙也香のシゴく右手を汚してしまっている。

「ウフッ。気持ちいい？」

沙也香が見つめてきた。

あのくりっとしたバンビのような目が、今は潤んで欲情を孕《はら》んでいる。

（ああ、沙也香さんっ、手コキして……自分も感じているんだ……）

ガマン汁が潤滑油となり、こするたびに、ねちゃ、ねちゃと音がする。

ガタンガタンと電車が揺れ、それに合わせて手が動き、もたらされる愉悦がふくらんでいく。

沙也香も顔を赤くして、同じように息を乱している。

よく見ると、さかんに腰をもじもじさせ、身体を揺らしていた。

もう手のガードはないから、ニット越しのおっぱいが裕一の鳩尾《みぞおち》の近くに押しつけられている。

むにゅっ、むにゅっ、と押しつけられる柔らかなおっぱいが、ますますエッチな気分を高めていく。

もうガマンできなかった。

背中にまわしていた右手を下ろし、若妻のミニスカートの中に忍び込ませる。

「んっ……」

沙也香がビクッとして、尻を震わせる。

パンティ越しにヒップの感触を確かめるように、じっくりと揉みしだく。

「あん……」

沙也香は甘い声を漏らしつつ、裕一をじっと見あげてきた。

(いやがらない……電車の中なのに……むしろ触って欲しいって感じだ……)

だったら遠慮はいらなかった。

大きく手のひらを広げて、ヒップ下部の盛りあがりをぐっとつかむ。

「くっ……」

沙也香は声を嚙み殺し、裕一に身体を預けてきた。

手コキしていた右手がとまっている。かなり感じているのだと思った。

(これは興奮しちゃうよ……)

裕一は左手でヒップを撫でつつ、二本の指を太もものあわいに潜らせ、パンティ越しに柔らかな肉層をさすった。

「あっ……あっ……」

沙也香が裕一の肩に顔を埋めるようにして、小さく喘ぐ。

間違いなく感じている。裕一は全身の血がドクドクと疼くほどに昂ぶった。

と、電車がスピードを落としていき、駅に着いた。

さらに人が乗ってきて、裕一は後ろからの圧迫を感じつつ、沙也香を抱きしめる手に力を込める。

電車が動き出す。

沙也香はドアを背にして裕一と向かい合い、抱きしめつつも勃起から手を離さなかった。

ときおり思い出すように手でシゴくのだが、裕一の指が沙也香の股間をこするたびに、彼女は震えて手コキをやめてしまう。

裕一は猛烈に興奮して、夢中で若妻の股間を撫でまわした。

「うっ……くうっ……」

沙也香は声を封じながらも、腰を微妙に揺すりはじめる。

自分から前後に腰をくねらせてきているその動きは、裕一の指をもっと味わいたいという本能的なものだろう。

(やっぱりいやらしいっ……沙也香さんって……)

いや、あれだけ旦那に放っておかれているのだ。

欲望が爆発しているのかもしれない。

ならば、もう臆することはない。

裕一は思いきって、沙也香のパンティの内側に指を滑り込ませる。

「くっ!」

沙也香がビクッとして、右手がギュッとペニスをつかんだ。

(ううっ……)

それだけで電流が走り抜け、尿道が熱くなっていく。

その快感をガマンしつつ、女の亀裂に指を這わすと、そこはもう熱い蜜が噴きこぼれていた。

（うわあ、もうこんなに濡らして……ホントに欲求不満だったんだな）

肉のスリットに指を這わすと、中指と人差し指にぬるっとした愛液がまとわりついてくる。

そのときだ。

パンティのクロッチに硬いシートのようなものが貼ってあり、裕一は「あっ」と思って、沙也香を見た。

沙也香は真っ赤になって、小さく首を振り、

「あっ、それ……生理じゃないのよ。でも近いからナプキンを貼ってあるの」

恥ずかしそうに小声で説明する。

（そうなんだ……女性って大変だなあ……）

沙也香の恥ずかしい部分に触れた気分で、ますます淫らな気分が高まり、指先で探り当てた膣穴に一気に指を埋め込んだ。

「ンッ！」

沙也香が顔を跳ねあげた。

そして、ギュッとしがみついてくる。

抱きついてきながら、沙也香は腰をガクガクとうねらせている。今にもしゃがみこんでしまいそうな激しい震えに裕一は驚く。同時に膣が指を食いしめてくる

(震えてる……これって、まさか……)

しばらくして沙也香の身体から力が抜け、裕一にしなだれかかってきた。ハアハアと息を喘がせて、全身から生々しい匂いを発している。

(イッたんだ……沙也香さん……)

信じられなかった。

指を入れただけで達したなんて……。

裕一は熱い潤みから指を抜き、自分のズボンで軽く愛液を拭う。

沙也香が、ようやく顔をあげた。

「あんっ……恥ずかしいわ。電車の中で、指を入れられただけでイクなんて……生理前ってすごく感じやすいのよ、だから……」

沙也香はそうささやきながら、勃起を手でシゴいてきた。

「うっ……さ、沙也香さんっ」

「私ばっかり気持ちよくなってごめんね……駅に着くまで、可愛がってあげる」

沙也香は淫らな台詞を小声で漏らし、なめらかな指でこすってくる。

電車が揺れる。

後ろから乗客に押されても、沙也香のシゴく手は緩まなかった。

（くうう……）

満員電車の中だというのに、射精への渇望が湧きあがってきた。

最初は恥ずかしかった。

だが今は、見られるかもしれないというスリルが欲望を加速させている。見られてもいいという開き直りの気持ちすらある。

（こんな美人に痴女プレイされてるんだ。うらやましいと思うだろう）

その開き直りが、電車の中での射精をうながしていた。

しかしだ。

現実として、もしこのまま吐精してしまったら、沙也香の服に白濁がべっとりついてしまうだろう。

そんなことはできなかった。

「沙也香さん。もうだめです。ホントに出ちゃいますから……」

慌てて腰を引くも、沙也香は肉棒を握ったままだった。

そして、裕一の耳元でねっとりささやいてくる。

「出したいんでしょう？　いいわよ。私のパンティの中に出して……」

「えっ」

目が点になった。

「そ、そんな……こぼれちゃいます」

「大丈夫よ。ナプキンが吸収してくれるから」

裕一は息を呑んだ。

（満員電車で、若妻のパンティの中に射精するなんて……）

いけないことだと思うのに、身体が震えた。

射精するのもそうだが、したあとに自分の精子まみれのパンティを沙也香に穿かせることに、異様な背徳感を覚えたのだ。

「い、いいんですね……ホントにしちゃいますよ」

裕一は沙也香のパンティを横にズラし、その隙間に勃起を差し入れた。

「あんっ……」

沙也香が震えた。

彼女のパンティの中は愛液でぬるぬるだ。

そこに肉竿を差し入れ、自分の腰を前後に動かした。

「あっ……あんっ……挿入されているみたい、ああん」

沙也香が耳元で控えめに喘いでくる。

魅惑の素股プレイに、裕一もひどく昂ぶった。

もうふたりがいかがわしいことをしていると気がついた人間も、まわりにいるみたいだが、どうでもよかった。

裕一の腰振りは激しくなり、くちゅくちゅとパンティの中で摩擦音が立つ。

(くうう、沙也香さんの肉ビラ、気持ちいいっ……)

濡れてふにゃふにゃになった淫唇に、勃起がこすりつけられている。

沙也香も感じるのだろう。

一度イッたにもかかわらず、しがみつき震えている。

おっぱいの弾力と甘い匂い、それに濡れそぼる女肉の感触に、いよいよ裕一の興奮はピークに達した。

「あっ、さ、沙也香さん……出るっ……」

裕一は沙也香の腰を持ち、ガクガクと脚を震わせた。

熱いものが、切っ先から放出され、あまりの気持ちよさに若妻を抱きしめながら、うっとり目を閉じる。

満員電車の中で、若妻のパンティの中に射精している。
その後ろめたい興奮たるや、脳みそがとろけるほどの快美だった。

第五章　濡れる純白ドレス

1

（今、沙也香さんのパンティの中、ぐちょぐちょなんだよな……僕の精液で）

最寄りの駅から彼女の家に行くまで、そんなことを考えると、一回出したというのに股間はビンビンになってしまっていた。

玄関に入るやいなや、もう一刻も待てないとばかりに裕一は沙也香を抱きしめ、唇を奪った。

「んんっ……」

沙也香もくぐもった声を漏らしつつ、背中に手をまわしてくる。

ギュッとしながら積極的に唇を押しつけ、さらに裕一の唇のあわいに舌を滑り込ませてきた。

(ああ、舌が入ってきた……やっぱり欲しがってる)

若妻の甘い唾液をすすりつつ、何度も唇を重ねる。

唾液が粘り、クチュクチュといやらしい音を立てながら舌をからめていると、股間がはちきれんばかりにいきり勃《た》ってきた。

たまらなかった。

華奢で折れそうなほど腰が細い。

なのに、こうして抱くとしっかりと肉感的な柔らかさが伝わってくる。

もうガマンできないと、キスしながら沙也香のサマーニットをめくりあげる。

胸元がはだけ、白いブラジャーが露わになると、

「いやっ……」

と、唇を外した沙也香が、恥ずかしそうにふくらみを手で隠した。

「ま、待って……いやじゃないの……でも、パンティの中、キミのアレでぐっしょり濡れてるから……脱いでくるから、あがって待ってて」

そんなのいいじゃないですか、と思ったけど、家を精液で汚すのはまずい。

リビングに通され、沙也香は着替えのために部屋を出ていく。

(広いなあ……ここにひとりでいるのか。それは寂しいなあ)

L字型のソファは高級そうで、座ると身体が沈み込む。

ぐるっと見渡せば、テーブルも間接照明のライトも高級そうだ。

お金には不自由していないという感じだが、心は満たされていないのか。

人妻の家にあがり込みつつ、そんなことを思ってそわそわしていると、沙也香が戻ってきた。

手に持っているのは赤い紐《ひも》だった。

荷造りに使うような太いものだ。裕一は「ん？」と思った。

沙也香は裕一の隣に座ると、恥ずかしそうにしながら、訊いてくる。

「女性を縛ったりしたことなんか、ないわよね」

刺激的な言葉に耳を疑った。

「えっ！ な、ないですっ」

あまりに驚いて、必要以上に強く否定してしまった。

すると沙也香は、

「そうよね。ごめん。へんなこと訊いて……」

と、顔を赤くして紐をテーブルに置こうとした。

裕一はその手をつかんだ。

「ないですけど、きょ、興味はあります。教えてもらえますか？」

強引にした方がいいという言葉に従い、裕一は思いきって言う。

裕一の言葉に、沙也香は顔を横に振った。

「無理にしなくてもいいのよ」

「いえ、本気です。縛って無理矢理って、嫌いじゃないし……」

縛って無理矢理、という言葉に反応したのか、沙也香が身体を強張らせたのが伝わってきた。

見れば大きな瞳がとろけきっている。

マゾ的な興奮に駆られている二十五歳の若妻の美貌が、ぞくぞくするほどエロティックだった。

なるほど、こういうのが好きなら、ひとりで性欲を解消するのは難しいだろう。

「じゃあ、お願い……」

沙也香が両手を前に差し出してくる。

裕一は縄を持って、震える手で沙也香の両手をひとまとめに縛りあげていく。

「ああ……」

縛られた沙也香が、せつなそうな声を漏らす。

見あげてくる目に羞恥の色を浮かべている。ハアハアと息づかいを荒くして、何度も唾を呑み込んでいる。

(両手を拘束された若妻って、興奮する……)

組紐が手首に軽く食い込むほどに縛ると、沙也香はこらえきれない様子で身をよじり、ミニスカートの脚をもじつかせる。

透き通るような白い手首に巻きついた、赤い紐が映えている。

その手をつかみ、バンザイさせるようにしながら、裕一は沙也香の身体をソファの上に押し倒し、ノースリーブのサマーニットをめくりあげて、背中に手をまわしてブラのホックを外す。

カップが緩み、たわわに実った乳房が露出する。

静脈がうっすら透けて見えるほど真っ白く、お椀型で張りのある美しい乳房だった。淡いピンクの乳首が美しい若妻に似合っている。

「キレイなおっぱいですね」

裕一は興奮気味に言いつつ、勢いよく揺れ弾む白いふくらみに手を伸ばす。

裾野からすくいあげるように、じっくりと揉みしだく。手のひらで柔らかな乳肉が揉むごとに形を変えていく。

「あっ……あっ……」

括《くく》られた両手をあげながら、沙也香は悩ましい声を漏らして身をよじる。

量感たっぷりのふくらみに指を食い込ませると、形をぐにゃっと歪ませた乳肉のしなりを楽しめる。

（あー、この感触やばいっ……ずっと揉んでいたいよ……）

むにゅっ、むにゅっ、と揉みしだく。指に温かな乳肉がまとわりついてくる。

さらに指で薄ピンクの乳頭を捏ねると、

「あっ……くぅぅ……ああんっ、だめっ、それだめぇっ……」

と、若妻は背をのけぞらせて、ビクン、ビクンと痙攣する。

揉みしだくうち、あっという間に、乳首がツンと尖りはじめてきた。

裕一は息を荒げて、シコッた乳首にむしゃぶりつく。

「ああん……！」

沙也香はうわずった声を漏らし、いっそう身体をのけぞらせて、ピクッ、ピクッと小さく震える。

（欲求不満なんだろうな……）

もっと感じさせたいと、せり出してきた乳首を舐め、チューーッと吸うと、

「んんんんぅ！」

若妻は手のひらで口を押さえながら、細腰をびくんっ、びくんっと痙攣させた。

「それ、ずるいぃ……あ、きもち、い……頭まわらなくなるぅ、はあんっ、ねえっ、ねえっ、ギュッとして」

甘えるように沙也香が言うので、ギュッと抱きしめてキスをする。

「うふん、んふっ……んんっ……」

すると、沙也香は興奮気味に吐息を漏らしつつ、激しく舌をからませてくる。

若妻は欲望をぶつけるように、縛られた手を裕一の頭にまわし、髪の毛をくしゃくしゃにしながら、汗ばんだ甘い肌をこすりつけてくる。

（ふわあっ……イチャラブだよ。まるで恋人同士……）

若妻は何度も、チュッ、チュッと裕一の首筋や耳、ほっぺたに接吻をする。

おかえしとばかり、裕一も若妻の身体を貪るように舌で舐め尽くす。

「あはあんっ……こんなエッチぃの、初めてだよぉっ……はああんっ……」

沙也香の言葉に、裕一は自信を持った。

この前までほぼ童貞だったのに、こうして何人もの女性を感じさせていることがう

れしかった。

裕一はキスをしながら、乳房を揉んでいた手を下に持っていく。

ミニスカートをまくると、薄い恥毛と小ぶりなスリットがいきなり現れて、ドキッとした。ノーパンだった。

しかもだ。タオルか何かで股間を拭ってきたのだろう。

下腹部は精液や愛液でぐちょぐちょだったはずだが、キレイになっている。

だが脚を開かせると、沙也香の恥部は濡れていた。

「すごい……キレイにしてきたのに、もう濡れちゃったんですね」

意地悪く言うと、人妻は首にまわしていた手を外し、恥ずかしそうに陰部を隠そうとする。

「あんっ、だってて……」

言い訳がましく言いながら、いやいやする。

裕一は左手で、沙也香の縛られた手をつかみバンザイさせ、空いた方の手で、濡れ溝をこする。

「ああっ……！」

沙也香がビクンッと震え、甘い悲鳴を漏らした。

そこはもうぬるぬるで、電車で痴漢したときよりも多い愛液の量だった。

「ん、ンフッ……ああ、いやんッ」

感じすぎてこらえきれないようで、沙也香は両手を拘束されたまま、身体をくねらせて、ショートボブヘアをソファの上で乱している。

そのうちに媚肉をこする指の動きに合わせて、ねちっ、ねちっ、といやらしい水音がリビングに響きわたっていく。

「ああ、いやっ……ああん」

股間の淫音が恥ずかしいのか、沙也香がいやいやして身をよじる。

だが両手は縛られたまま押さえつけられ、恥辱を感じても隠すことも叶《かな》わない。

(やばっ……興奮するっ)

乱暴したいという性癖はないが、いじめてみたいという欲求は滾《たぎ》る。

電車のときと同じように、中指を曲げて膣穴に押し込むと、ぬるりと嵌《は》まり込んでいき、

「あっ、はぅぅぅ！」

沙也香が白い喉をさらすほど大きくのけぞり、腰を揺らめかせた。

(すごい、またイキそうになってる……)

中指を入れながら、親指をワレ目の上部にあてがい、包皮に包まれたクリトリスを指でなぞる。

「ああっ……はあああ……いやぁぁ」

若妻の喘ぎがわずかに低いものに変わった。

「あぁん、もう……もう……」

沙也香が欲しがっている。裕一も、もう入れたくてたまらなくなってきた。

ズボンとブリーフを脱ぎ飛ばし、勃起を誇示したまま沙也香に近づく。

「あっ、待って」

沙也香がソファの隙間から、コンドームを取り出した。

（そうか、生理が近いんだものな）

生でしたいところだが、そこはガマンだ。渡された袋を破って、ピンクのゴムをぬるぬるの切っ先にあてがうと、

「つけてあげよっか」

と、沙也香が色っぽく迫ってくる。

「……え、はい」

女性につけてもらうのなんて初めてだ。

沙也香にゴムを渡し、仰向けになってドキドキしていると、

「こういうの、男の子って好きでしょ」

と、彼女はおもむろにコンドームを口に嵌めたまま、ペニスを頬張ってきた。

「えっ？　くううう！」

沙也香は唇を上手に使って、ゴムを亀頭に被せていき、根元まですっぽりと咥え込んでいく。

（おおう……く、口でコンドームを被せるなんて……）

温かな口の感触と薄いゴムの締めつけに、裕一は腰を浮かす。

そして沙也香が口を離すと、見事にゴムが根元まで被せられていた。

「ウフフン……」

濡れきった目を向けながら、沙也香が跨がってくる。

（ゴムつけのあとは、騎乗位だなんて……）

淫らな人妻のフルコースだ。

初めての光景に、裕一は目を見張る。

沙也香は、縛られた両手で肉柱を持ち、ゆっくりと腰を落としてくる。

（うわわっ……）

美しい若妻が脚を開いて、蹲踞《そんきょ》しながら跨いでくるのも刺激的だが、野太いモノが沙也香の肉溝を押し広げて呑み込まれていく様にも興奮が募る。

「くっ……」

亀頭が温かい潤んだものに包まれていき、裕一は歯を食いしばった。

若妻は腰を落としきり、屹立が根元まで嵌まり込む。

「ぁあああっ……硬いっ」

沙也香が気持ちよさそうな声をあげ、美貌を跳ねあげた。

裕一も上に乗る彼女を見つめながら、温かな女の膣に包み込まれる快感に酔いしれる。

うっとり目を細めて快美を貪っていると、沙也香は縛られた両手を裕一の腹部に置き、バランスをとりながら腰を動かしてきた。

「あぅぅ……あああぁーっ！」

沙也香が歓喜の悲鳴を漏らし、さらにくいっ、くいっ、と揺さぶってくる。

「き、気持ちいい……」

思わず唸って、本能的に腰を突きあげていた。

「ああ……いいっ……ああん……！」

沙也香がのけぞりながら、身体をバウンドさせる。

眉を歪めて、恥ずかしそうにしている顔も、たわわなおっぱいが揺れる様も、下から全部見えていて、その迫力がすさまじい。

(騎乗位ってすごい……)

沙也香の反応がうれしくて、さらに下から尻奥を突きまくる。

「ダメッ！　ああん、そんなのだめえっ。イッちゃう！　イッちゃうぅぅぅ！」

若妻は狂おしいばかりに喘ぎまくる。

艶《なま》めかしい白い首筋に、くっきりと苦悶の筋ができるほどのけぞり、眉間に縦ジワをくっきりと刻んだ、哀切な女の表情を見せている。

「もうダメッ……ヘンになっちゃう……」

騎乗位のまま、沙也香は前傾してきて、縛られた両手を首にからめて唇を押しつけてきた。舌と舌をからませて、ねちゃねちゃと唾液をすり合いながら、裕一は激しい突きあげを繰り返す。

「んんぅっ、んんんぅ、んん」

情熱的にキスをしながら、締まりのいい膣肉は、絶頂が近いのか激しく震えて収縮を繰り返す。その締めつけが裕一を追いつめてきた。

「ああ、僕も、もう……」

キスをほどいて訴えると、

「あんっ、私もイッちゃう……イクイク……！」

沙也香はしがみついてきて、ビクッ、ビクッと全身を痙攣させる。

こちらも限界だった。

「おおお、おおお……」

鈴口が熱く滾り、どくっ、どくっ、と勢いよく男の精がゴムの中に発射される。

（くうう……これも気持ちいいけど、今度はナマでしたいっ……）

女性には強引に迫ったほうがいいときもある。

そんな教えを胸に秘めて、腰が抜けそうな愉悦に浸るのだった。

2

「え？　辞めた？」

九月に入ったその日の朝。

カウンターの中で綾乃が言い出して、職員みなが驚いた。

美月がここ一週間ほど休んでいて、それが一身上の都合としか聞かされていなかったので、急に辞めるというのはびっくりした。

どうやら昨日、館長のところに辞表を持ってきたらしい。

「なあに、やっぱり具合悪かったの？」

職員のひとりが心配そうに綾乃に訊く。

「違うわよ。結婚よ、結婚。結婚式はあげないつもりだったんだけど、急遽《きゅうきょ》今月中にあげることにしたって」

「えええ！」

裕一は思わず声を荒げてしまい、みながこちらを見た。

「なに素《す》っ頓狂《とんきょう》な声をあげてんのよ」

「ははあん。裕一くんも美月さんを狙ってたわけね」

口々にわいわい言いながら、話は美月のことに戻っていく。

「美月さんも水くさいわねえ、そうならそうって言ってくれればいいのに。おめでたいことなのに」

「再婚だから、あんまり話題にしたくなかったんじゃない？」

「ああ、そうか……若いけど、あの人、未亡人だったのよねえ」

井戸端会議で盛りあがる中、綾乃が言う。

「でも、今度、落ち着いたら挨拶に来るみたいよ。結婚式はまあ身内だけで小さくやるらしいから、呼べなかった代わりだって」

それを訊いたひとりの同僚が、膝を手で叩いた。

「そうだ！　せっかくなら、お別れ会、開かない？」

「いいわね、それ」

キャッキャッと言っている同僚たちを尻目に、裕一は何も考えられずにいた。

(そんなの、あるかよ……)

頭の中が真っ白になっていた。

書庫でのセックスは気の迷いだし、遊びのつもりだったたって、はっきり言われた。

だけどフラれたときに、チラッと涙を見せていた。

あれはなんの涙だったのか、結局訊けずじまいだったのだ。

(そんなこと、今さらどうでもいいか……)

彼女は結婚するのだ。

追いかけても、もう……。

裕一が落ち込んでいると、綾乃がみなにわからぬよう、こっそりと手招きをした。

お別れ会の内容で盛りあがっている職員たちに気づかれぬよう、裕一はカウンターから出て、綾乃と一緒に図書コーナーの奥まで行く。

「あのね、美月ちゃんからは黙っていてって言われたんだけど……」

彼女は少し逡巡してから、口を開いた。

「あの子はね、再婚を迷ってたのよ、裕くんのことで」

「え？」

思わぬ言葉に、裕一は驚いた。

「こっそりと教えてくれたの。悩んでたって。裕くんからしたら、弄《もてあそ》ばれて顔も見たくないとか思ってたかもしれないけど」

「それって、美月さんが僕のことを……」

「ホントのところは、美月ちゃんじゃなきゃわからないけど、泣いてたからね。裕くんに話したのは、美月ちゃんをあんまり恨まないで欲しいってこと」

胸がつまった。

綾乃の言うことが本当なら、もっと強引に押せば違う未来があったかもしれないと思ったからだ。

「そうですか……」

何も言えずにいると、ふいに綾乃が手を伸ばして頭を撫でてきた。

「裕くんって、年上の女の人に好かれるタイプよねえ。私も、あなたのこと好きになりかけたもの。だからもう誘うのはやめたんだけど……」

ギュッと抱きしめられた。

甘い匂いとおっぱいの柔らかさに、ふっと哀しみがやわらいだ気がした。

「またエッチしたかったら、慰めてあげるから……おばさんじゃあ、全然代わりにならないと思うけどね」

かけてくれた言葉がうれしかった。

「そんなことありません……ンッ」

おばさんにキスされて、頭がぼうっと痺れていく。このまま忘れようと思うのに、美月のことがどうしても頭から離れずにいた。

3

なんとなく気が抜けたような日々だった。

だけど抜け殻でも、毎日は容赦なく過ぎていく。

《本をお探しですか？》

初めて美月に会ったとき、心がときめいた。

眼鏡をかけ、長い黒髪をポニーテールにし、薄いカーディガンと控えめな長さのスカートという清楚な格好は、いかにも文系美女という感じでもろにタイプだった。

また、官能小説家という一面もあり、清楚な雰囲気とは裏腹に、意外とエロいってところもたまらなかった。

もちろん身体を交わしたときは夢心地だった。

だけど。

それだけじゃなく、毎日一緒にいて、本の話をするのが好きだった。

自分より九つも上の未亡人だ。

つり合わないのはわかっている。

それでも、一緒になれるのではないかと淡い期待を持っていた。

美月とのあの日々を、忘れることなどできない。抜け殻のような日々でも、せつなさが少しずつ募ってきていた。

その日は彼女の結婚式の当日だった。

裕一は感情が抑えきれなくなって、黒いスーツを着て、こっそりと綾乃に聞いていた結婚式場に行ってみた。

式場は人気のホテルで、高台からキレイな海が眺められる場所だった。

その式場は、その日は美月以外にも数組が式をあげるようで、黒いスーツを着た裕一も怪しまれずに中に入ることができた。

(行って、どうするっていうんだよ)

古い映画が思い出される。

『卒業』という映画だ。

結婚式当日に、主人公が他の男と結婚する花嫁を奪っていく有名な映画だけど、当然ながらそんなことをする度胸なんてないし、そもそも美月にそのつもりなんかないだろうってのも、わかっている。

だけど、とにかく会いたかった。

記帳するカウンターが混んでいるすきに素通りし、新婦の控え室を探す。

幸いにして美月の身内も、相手の男も知らなかった。

顔見知りは誰もいないから、不審そうな顔をされても親戚のような顔をして、美月を探していたのだが、ふいにドレス姿の綾乃に会ってしまった。

(やばっ……そうか、おばさんだけは出席してたんだ……)

綾乃は驚き、近づいてきて小声で言った。

「……裕くんっ、何をするつもりなのよ」

狼狽えた。

どうしたいのか自分でもわからなかったのだ。

「わかりません。だけど、美月さんに会いたくて……」

「ねえ、あなたはいわば……花嫁の過去の男なのよ。そんな人が、式の直前に会いにくるなんて……美月ちゃんが動揺するじゃないの」

「す、すみません」

その通りだった。

非常識も甚だしいと思う。

それでも、

「ひと目だけ。それだけでいいんです」

その言葉に、彼女はため息をついた。

「……いいわ。美月ちゃんに訊いてきてあげる。だけど、会いたくないって言われたら、諦めて帰るのよ」

綾乃は控え室に入っていき、五分くらいで戻ってきた。

「話したいことがあるから、来て欲しいって。でも、あんまり時間はないからね」

「は、はい」

綾乃に連れられて、控え室に入る。

(うわあああ……！)

純白のウェディングドレスをまとった美月が、あまりに神々《こうごう》しすぎた。

黒髪を後ろで結わえ、ティアラやベールが、その穢《けが》れなき無垢《むく》な花嫁をより美しく着飾っている。

ドレスはデコルテが露出したもので、谷間がちらりとだけ覗けている。

腰は信じられないほど細く絞られて、そこからドレスが大きく広がっている。座っているから、白いタイツに包まれたふくらはぎが見えていた。

なによりもだ。

眼鏡を外した美月が、あまりに美しかった。

つけていても十分に可愛らしかったが、眼鏡を外した彼女の美貌は、もう女神かと思うほどに気品にあふれ、見ているだけでドキドキしてしまう。

あまりの美しさに呆然としていると、綾乃がほら、と背中を押してから部屋から出ていったので、ふたりきりになってしまった。

（ど、どうしよう……）

眩しいウェディングドレス姿の美月を前にして、裕一は何もしゃべられなくなってしまった。

「あ、あの……キレイですっ。すごく似合っています」

とにかくそれだけを言うと、美月は優しく微笑んだ。

「ごめんね」

美月はすぐにつらそうな表情をした。

そして少し逡巡してから、真っ直ぐに裕一を見つめてきた。

「……裕一くんが、私のことを、その……エッチな目で見てきたのは、知ってたんです。それに私が官能小説を書いているっていうのも、バレちゃったし」

彼女は続けた。

「すごく熱い目で見られてて、うれしかったんです。三十路のおばさんが、こんな若い子に性的な相手にされるなんて。それに本のことを話していると楽しいし、一緒にいるのはすごく安心する時間だったの。だから……一度だけなら、いいかなって……私の身体でいいなら楽しんで欲しいって。私も、楽しみたかったし……」

美月は恥ずかしそうに目を伏せた。

「やっぱり、ホントに遊びだったんですか？」

裕一が訊いた。

彼女は泣きそうな目を見せる。

「そのつもりでした……でも、あなたは好きだと言ってくれた。そのときに、とんでもないことをしてしまったと後悔したんです。大学生が、三十路の未亡人を好きになるなんて」

「年齢は関係ないですっ。僕は、美月さんのこと……」

「うれしかったんです。でも、やはりいけないと思いました。きっと裕一くんは、これからたくさん恋をするし、私よりずっと可愛らしくて、若い子と青春して欲しいなって……」

ああ、と思った。

この人は自分が思っている以上に、自分に自信がないのだ。

「だからって、きっぱりと関係を断たなくてもいいじゃないですか」

「だめなんです。それは……」

美月は珍しくきっぱりと言った。

「だめなんです」

彼女は目尻に涙を浮かべながら、うわごとのように繰り返す。

そして、潤んだ目を細めて、

「裕一くんのこと、好きになってしまいました」

と、胸の内をようやく告げた。

「だったら……だったら、なおのことどうして……両思いなら……」

「できません、それは。もうあの人と一緒になると決めていたのですから。裕一くんのことは好きです。ホントに好き。でも、だめなの……ごめんなさい」

「そんな……」

裕一は絶句した。

どうにも惨めになってきた。

おそらく、結婚する男と同じくらい好きでいてくれたのだろう。

でも、選んだのは向こうの男だったのだ。

「勝手です、そんな……」

「そうよ、勝手なんです。私なんて……謝ってもどうにもならないけど……私でできることなら、なんでもしますから」

美月は哀しげな表情を見せてくる。

裕一はその様子を見て、いけないと思うのに興奮してしまった。

「じゃあ、ウェディングドレス姿のままで壁に手を突いて、後ろを向いてください」

するりと言葉が出た。

美月は「え？」という顔をしてから、何をされるかわかったのか顔を赤らめた。

「そ、それは……」

「なんでもするって、言いましたよね」

美月はうつむいていたが、やがて諦めたように立ちあがり、控え室の壁に白い手袋の両手を突いた。

(ああっ……！　すごい……)

言い出したのは自分のくせに、いざその光景を見ると足が震えた。

背中の開いたドレスは、腰がくびれ、そこからお姫様のドレスのように大きく広がっている。

あまりの美しさと高貴さに、どうしても一歩が踏み出させない。

(ウェディングドレスを着た花嫁を、結婚式前に犯すなんて……)

道徳的に問題がありすぎる。

と躊躇していると、美月が肩越しに振り向いてきた。

「どうしたんですか？　私とヤリたいんでしょう？」

少し挑発的に言いつつも、目の下がねっとりと赤らんでいる。

羞恥を感じつつも、おそらく裕一の言いなりになるつもりなのだろう。

「くううっ……美月さんっ」

純白のドレスに身を包んだ花嫁を、裕一は後ろから抱きしめた。

「あっ……」

美月が肩越しに潤んだ瞳を向けてくる。

いやがるという風ではなく、その目には確かな欲情を孕んでいた。

そうして見つめ合い、顔を近づける。

美月は長い睫毛をそっと伏せた。

（していいんだね……美月さん……）

彼女の感情はわからないが、裕一はもう花嫁に欲情しきっていた。

唇を重ねるとグロスリップの甘い味と、化粧品の匂いがする。

キレイに着飾ったウェディングドレスの新婦を抱きしめつつ、舌を差し入れていくと、待っていたとばかりに美月も舌をからめてきた。

「んふっ……んんうっ……」

書庫でのキスのときよりも、激しかった。

何度も角度を変え、ぬらぬらと舌をもつれ合わせ、それだけではなく美月は裕一の口の中も愛おしげに舐めまわしてくる。

（ああ、美月さん……）

思いの丈《たけ》をぶつけるように、裕一も美月の口を舐めまわす。そうしながら、ドレスの背中のファスナーを下げる。

中は肩紐のない硬いブラジャーのような下着だった。

「あっ、それ……脱がすとひとりでつけられないんです」

キスをほどいた美月が恥ずかしそうに言う。

「つけるの難しそうですね。じゃあ、ノーブラで式に出てください。下着が苦しかったとか言いわけして……」

無理難題を言いつつ、裕一はブラのホックを外していく。

「ええ？　あ、あんっ……」

下着が緩むと、ドレスの下から真っ白いふくらみがまろび出る。

ウェディングドレスから露出した乳房の、なんとエロティックなことだろう。そのまま背後からおっぱいを鷲づかみして、じっくりと揉みしだく。

「……はあん……ノーブラでなんて……はぁんっ……いじわるな子……ハア……」

むにゅう、むにゅう、と形がひしゃげるほど揉みしだいていくと、美月の息があがり、声も甘くねっとりしたものに変わっていく。

(くうう、きた、この声……ゾクゾクするっ……)

大きな瞳がとろけて、瞼が落ちそうになっている。

感じた顔がたまらなくて、またキスをしながら、指で乳首をとらえてそっとつまみあげる。

「あンンッ」

たまらずといった感じで美月がキスをほどき、顎をあげて喘ぎ声を漏らす。

そのあとにハッとしたように、口元を白い手袋の手で隠した。

(そうか、ここ控え室だった)

新婦の控え室だから、乱暴に入ってくることはないだろうけど、甘い声が聞こえたら騒ぎになるだろう。

だがせっかく感じてくれているならば、やめたくなかった。

背後から乳首を指で転がせば、

「あっ……あっ……」

ウェディングドレスの美月はうわずった声を漏らし、女体をぶるっと震わせて眉をせつなそうに歪ませる。

あっという間に乳首は硬くなる。

感度があがっているのだろう。震えはひどくなって、指先で転がすたびに、

「はぁんっ……あああんっ……」

と、切れ切れの吐息を漏らしていく。

(腰がうねってる。こんな状況なのに、欲しがっているんだ……)

もっと火をつけたいと、裕一は純白のドレスの上から尻を撫でまわしつつ、乳首をキュッ、キュッとつまみあげ、

「美月さん、乳首がすごく硬くなってきましたよ……新婦なのに、いやらしい」

耳元でねっとりささやくと、彼女は肩越しに泣き顔を見せてくる。

「はああん……いじわるっ……ああん、どうしてこんなにうまいの……」

美月は翻弄《ほんろう》されているのが信じられないようだ。

「今度は僕が感じさせてあげます。美月さんのこと、めちゃくちゃにしたい。ほら、壁に両手を突いて。離さないで」

「ああん……いやっ……」

美月はそう言いつつも、素直に両手をついて、無防備な背を見せる。

裕一は皺《しわ》にならないように、広がったウェディングドレスの裾を、そっとたくしあげていく。

4

「あっ、やんっ……いやっ……」

ドレスをまくられるのは相当恥ずかしいのだろう。

美月は両手を壁につけながら、尻をくなくなと揺すっている。

パアッと腰までめくりあげると、中も純白のドレスに合わせるように、白いレースの清楚なランジェリーだった。

（た、たまらないっ）

肌の露出の少ないはずのロングのドレスから、ムチムチした太ももやパンティに包まれた大きなヒップが露出すると、普段の洋服のときよりもセクシーに見える。

しかもだ。

ムッチリした太ももは白いガーターベルトが飾っていて、それで白いタイツを吊っていた。滅多に見ない下着がいやらしすぎた。

「あんっ……恥ずかしいっ」

美月が恥じらいに身震いし、甘い吐息を漏らす。

「素敵ですよ。すごいセクシーだ……」

裕一はパンティ越しに双尻を撫でる。

これから結婚式に臨もうという花嫁のヒップなのだから、そそらないわけがない。

燃えあがってきた裕一は、震える手でずるっとパンティを引き下ろす。

「あっ、あんっ……いやあっ」

美月が恥辱の声を漏らしたのは、もうすでに尻割れの奥から透明な愛液がしとどにあふれていて、太ももを濡らすほどだったからだった。

美月の足元にしゃがんで、裕一は柔らかな肉の狭間に右手を伸ばしていく。

純白のウェディングドレスを着たままの花嫁の花びらを剝く。

「もうこんなにとろとろに濡らして……純白の花嫁が台無しですね」

「い、言わないでっ……あああっ……！」

スリットに触れただけでクチュと音が立ち、美月は背をしならせる。そのまま裕一はぬかるんだ縦溝の奥に指をあてがう。

「ほうら、もう入っちゃいますよ」

中指が膣穴にぬるりと嵌まっていく。

「はううんっ……ンンッ！」

美月は声を漏らして、また白手袋の手で口元を隠す。

脚がガクガクと震えて、立っているのもつらそうだった。それでも指で丁寧に愛撫していくと、みるみるうちにおまんこが潤っていく。

「すごい、中がぐちゃぐちゃだ。動かしますよ」

「あっ、やっ……ううんっ」

指をゆったりと出し入れさせると、もの欲しそうに膣肉が食いしめる。

「いや、いや」と言いつつも、花嫁はヒップを揺すり立ててくる。

膣奥で指を曲げ、こりこりした天井をこすると、

「はああんっ……あああんっ……ああっ……」

美月はぶるぶると震えて、もう口を手で隠すのもつらそうになる。

肩越しに向けてくる顔は欲情しきっている。さらに指で奥を捏ねれば、下腹部がうねり、ついにはこちらにヒップを突き出してきた。

「ああ、お願い……もう……」

美月が潤んだ瞳で見つめてくる。

裕一も、もうガマンできなくなっていた。

ベルトを外し、ズボンとパンツを下ろして、ひときわ野太くなった男根を美月の尻奥にあてがうと、

「ああっ……」

美月は愉悦の声を漏らして、挿入しやすいようにさらに尻を向けてくる。

裕一は震えた。

気品あふれる純白のウェディングドレスの花嫁を、結婚式直前に奪うのだ。

背徳の気持ちとともに、悦《よろこ》びが湧きあがってくる。

少し腰を落とし、立ちバックで、火傷しそうなほど熱い花唇をえぐり抜いていく。

「アァ……！」

美月が頭をあげ、せつなそうにため息を漏らす。

裕一も媚肉の感触に酔いしれて、立ったまま震えた。

「くうう、気持ちいい……」

「私もです……ああンッ」

腰を持ったまま、思いきり激しくストロークする。

美月の中はすべりがよくなり、どんどん蜜をあふれさせ、愛液は白タイツの内ももにも伝わっていく。

「あぁっ、いいっ……あはんっ……裕一くんのおチンポ、エッチになってます。経験をつんだんですね」

美月が肩越しに目を細めてくる。

だがその表情は、他の女を抱いた咎めではなく、まるで成長を悦ぶ母親の慈愛のようだった。

「浅いところが、好きなんですか?」

訊くと、美月はハアハアと息をこぼしながら小さく頷く。

「ああんっ……でも、そこばっかりされると……頭がジンジンしてっ……ああんっ……すごいっ……はああんっ……」

「じゃあっ、奥も突きます」

裕一は、ドレスの腰をつかんで一気にズブズブと奥まで突き立てる。

「はあああッ……い、いいッ」

とたんに美月の口から甲高い喘ぎ声がほとばしった。

奥まで入れると同時にキュッと膣が締まり、カリ首が膣壁にめり込んだ。その状態でさらに押し込むと、媚肉を削り取るような摩擦で、女体が痙攣を起こす。

「ああんっ……壊れちゃうっ……はああっ……深いっ」

「くううっ、すごい締まってきますっ……」

「ああンッ……言わないでくださいっ……ああんっ……ああんっ」

恥ずかしそうにしながらも、美月はヒップを揺すってくる。

裕一は「うっ」と小さく呻き、振っていた腰を引き攣《つ》らせる。

（な、中が……渦巻いてきたっ……くうう）

胎内を往復するペニスに、膣壁がまるで巻きつくように搾り立ててくる。

たまらなくなり、バックから挿入したまま抽送《ちゆうそう》速度をアップさせた。

「ああんっ……だめっ……だめぇぇ……！」

強く揺さぶられ、ティアラとベールが頭から外れそうになっている。

ドレスからさらけ出された乳首をいじりながら、裕一はさらに腰を振りたくる。

「ハアアッ……あああんっ……激しっ……ああんっ」

美月も腰を使ってきた。

甘い陶酔に全身が震え、裕一は目を細めて女体にしがみつく。

「そんなにされたら、出ちゃいますっ……花嫁の中に、他の男の精液が……」

感極まって、美月をいじめる言葉を吐露してしまう。

「あんっ、いじわるっ……でも、ああんっ、お願いです。中に出してっ……最後に感じたいからっ……きてぇ……一緒に……」

美月はできにくい体質と言っていた。

だがリスクはあるだろう。

それでも、彼女の中に愛した証《あかし》を刻みたかった。

「み、美月さんっ……好きっ……大好きっ……」

花嫁を抱きしめつつ、奥に激しい一撃を入れたときだった。

「アァッ……い、イッちゃぅ……イクッ……あっ、ああ……あああぁッ！」

激しい絶頂の言葉を奏でながら、美月の腰がガクンガクンと大きくうねり、ペニスをこれでもかと締めつけた。

「うぁ……み、美月さんっ、出るっ……おおおッ」

獣じみた声をあげながら、裕一も震えた。

ザーメンが勢いよく尿道を駆け抜け、美月の奥にほとばしる。

あまりの気持ちよさに腰がとろけ、立っていられなくなるほどくらくらした。それでも必死にしがみつき、最後の一滴まで注ぎ込む。

「あ、熱いっ……裕一くんのっ……いっぱいっ注がれてるっ……あひぃぃぃっ」

美月が狂おしい声をあげた瞬間、結合部から透明な汁がプシァッと飛び散り、裕一の股間を濡らした。

(し、潮《しお》吹き?)

驚いた裕一を尻目に、美月が肩越しにくしゃくしゃの美貌を向けてくる。

「ああんっ……気持ちよすぎて……ご、ごめんなさい……」

美月はそう言いつつも、まだ身体を痙攣させていた。

(僕が、美月さんを……潮吹きするまでイカせたんだ……)

ギュッと抱きしめて見つめると、彼女は肩越しに目を閉じてきた。

裕一はキスをしながら、愉悦の中で美月に「さよなら」を繰り返すのだった。

5

結婚式場をあとにして、電車に乗り、最寄り駅に着いたときだった。

「おっ、裕一……なんだよ、その格好は」

駅には友人たちがいて、良太が訝《いぶか》しんだ目でジロジロ眺めながら話しかけてきた。

「なんだ、葬式でもあったんか？」

圭一郎も同じような不思議そうな目つきだ。

「なんかおまえ、さっぱりした顔してないか？」

拓也がじろじろと顔を覗いてきた。

「なんか女の匂いがする。あ、もしかして風俗デビューか？　だから気合い入れてスーツだったんだな」

三人がケラケラ笑う。

「違うよ。大人になったんだよ」

真顔で裕一が返したから、三人は拍子抜けしたような顔になった。

「で、なんで三人がここにいるの？」

「ばか、おまえが電話もラインもずっとつながらないからよ。図書館にも訊いてみたけどいないって言うし」

「で、ちょっとおまえんとこ、行ってみようかってなってさ」

「まあ、ホントはあの隣の人妻、また覗けたらって思ってんだけど」

三人はイヒヒと笑った。

まあこれでも心配してくれているらしい。

「じゃあ、俺んち行く？」

裕一が言うと、三人は「おう」と答えて、歩き出した。

「そういや、またコンパあるんだけど。おまえどうせパスだろ」

良太が言う。

「え、なんで。行くよ」

裕一があっさり返すと、三人は驚いた顔をした。

「珍しいな」

「なんか変わったな、おまえ」

「まあいいや、じゃあ、作戦会議しようぜ。相手はなあ、結構なお嬢様だからな」

家まで歩く途中、ふいに裕一はなんだかとてつもない哀しみに襲われた。

涙が出そうになったので、空を見あげた。

雲が高いところにある気がして、秋が来るんだなあとぼんやり思うのだった。


（了）

※本作品はフィクションです。作品内に登場する団体、
人物、地域等は実在のものとは関係ありません。

とろみつ図書館《としよかん》
〈書き下ろし長編官能小説〉
2021年8月9日　初版第一刷発行

著者……………………………………………… 桜井真琴
ブックデザイン…………………橋元浩明(sowhat.Inc.)
発行人……………………………………………後藤明信
発行所………………………………………株式会社竹書房
〒102-0075　東京都千代田区三番町８－１
三番町東急ビル６F
email：info@takeshobo.co.jp
http://www.takeshobo.co.jp
印刷所…………………………… 中央精版印刷株式会社

竹書房ラブロマン文庫　近刊目録

※価格はすべて税込です。

好評既刊

長編官能小説〈新装版〉
ゆうわく海の家
美野晶　著

海の家でひと夏のリゾート仕事にいそしむ青年は水着美女たちに誘惑され、肉悦の日々を…。水着エロスの金字塔。

770円

長編官能小説
ぼくの家性夫バイト
鷹澤フブキ　著

家政夫バイトで人妻の家に入った青年は、家事だけでなく熟れた媚肉のケアをも任される…。誘惑人妻ロマン！

770円

長編官能小説
魅惑のハーレム喫茶
九坂久太郎　著

行きつけの喫茶店のママに惚れている青年は、常連の美熟女たちに淫らに可愛がられる…！　ご近所ハーレムロマン。

770円

長編官能小説
ときめきの一人キャンプ
八神淳一　著

ソロキャンプを楽しむ青年は、同じく一人でテントを張る女性に誘惑され肉悦の夜を…。快楽のアウトドア官能！

770円